ななついろ★ドロップス

市川　環

FB
Famitsu Bunko
ファミ通文庫

口絵・本文イラスト　いとうのいぢ

MOKUJI

秋姫すもも（あきひめすもも）

星城学園二年生。花の世話が好きで、園芸部に入っている。人見知りするタイプで、恥ずかしがり屋で、臆病だけれど、基本的には純粋で優しい性格の頑張り屋さん。前に出る事が苦手で、音楽や体育などで全員の前に立つと思うと気絶しそうなくらい緊張してしまう。男の子はどちらかというと苦手。親友のナコちゃんとは小学校からのお付き合い。

石蕗正晴（つわぶきまさはる）

すももたちとは同級生で同じクラスだが、まだ新しいクラスで一緒になったばかりなので、喋ったりしたことはほとんど無い。故意に人を遠ざけたりしているつもりはないが、あまり人とのコミュニケーションが得意ではなく、自分の気持ちをうまく言えないため誤解されやすい性格。学生寮で一人暮らしをしている。趣味は天体観測。ある日、怪しいジュースを飲んだせいで、日が暮れると小さな羊のぬいぐるみ「ユキちゃん」になってしまう。

八重野撫子（やえのなでしこ）

星城学園二年生。すももの親友で、同じ園芸部に所属している。性格はすももと正反対で、はっきりきっぱり男らしく、かっこいい。あまり人に弱みを見せず、一見冷たそうで近寄りがたい雰囲気だが、本当は人が困っていたら黙って助けてくれるような優しく頼りがあるタイプ。成績が良く運動神経も抜群で、星ヶ丘にある薙刀の道場に通っている。

結城ノナ（ゆうきのな）

星城学園二年生で、一学期の途中から転入してきた。成績学年トップの秀才少女で、超豪邸から高級車で通学してくるお嬢様。エリート意識があり、プライドが高いが、努力家ゆえの裏返しのような感じ。根はいい人で、出来の悪い人を見ると見捨てられない。本人はひとりでいることに慣れているつもり。

プリマ・アスパラス

すももの前に突然現れて、ライバルを自称する謎の少女。すももの事を「プリマ・プラム」と呼ぶ。すももと同じく「星のしずく」を集めているが、その力はすももを遥かに凌駕していて、あまり勝負にはならない。モタモタしているすももを見て、うっかり手助けしてしまう事もあるような、根はいい人。

如月ナツメ（すめらぎなつめ）

星城学園生物担当の教師で、すもも達が所属する園芸部の顧問。女生徒の隠れ人気教師ランキング4年連続ナンバー1、らしい。石蕗がぬいぐるみになった時に、元の姿に戻るために色々な事を説明してくれ、『星のしずく』を七つ集めれば人間に戻る薬を作ってくれると言う謎の人。悪気は無いが人をからかうのが好きというちょっと困った性格。

松田（まつだ）

ノナちゃんをいつも影から見守る専属執事。主人に常に忠実。世話焼きが趣味で、人の役に立ちたいと思っている。やや妄想癖ありで心配性なところも。

Prelude of “NANA TSUIRO★DROPS”

騒《さわ》がしい街までは、電車で数駅。ほんのちょっと不便だけど、静かで展望台《てんぼうだい》があって、流れ星がたくさん見える……そんな町、舞方市《まいかたし》星ケ丘《ほしがおか》。

澄《す》んだ空に舞い散る星たちを見て、ここは**「世界で一番星の近い町」**と呼ばれています。

そんな星ケ丘にひとつだけある学校「星城学園《せいじょうがくえん》」に通う**石蕗《つわぶき》正晴《まさはる》**は、少しだけ不器用だけど、どこにでもいる普通の男の子。学年も変わって何もかも新しくなる季節、五月のある日——正晴の生活は百八十度変わってしまいます。

それはあるハプニングから、もうひとつの「自分」ができてしまったこと……。

怪《あや》しいジュースの取り違えのせいで、正晴は日が暮れると小さな羊のぬいぐるみになってしまうのでした。

自分に起こった出来事が信じられずにいた正晴に、救いの手をさしのべてくれたのは、如月《きさらぎ》先生。彼は正晴にとっては生物教師。しかし如月先生には、ある秘密があったのです。

秘密――それは、**もうひとつの世界『フィグラーレ』**の存在。

フィグラーレは正晴たちが暮らすこの世界と対《つい》になるようにある、隠された場所。そしてフィグラーレのものを口にした事が、正晴の身に起きた不思議な出来事の原因だというのです。自らもフィグラーレからやってきたという如月先生は、たったひとつだけ、正晴が元に戻れる方法があると告《つ》げました。

それは、この町に流れ星とともに降ってくる**「星のしずく」**をななつ集めること。「星のしずく」を集めることができるのは、不思議な杖《つえ》に選ばれた、特別な女の子――。

そしてその「特別な女の子」は、クラスメイトの**秋姫《あきひめ》すもも**だったのです。

今まで話したこともなかったクラスメイト、秋姫すもも。

だけど、正体を知られてはいけないのです。

何故なら、フィグラーレの秘密を守れなかったなら**「大事なものを失う」**という決まりごとがあるからなのです。

ぬいぐるみになってしまった正晴は不思議な杖と、自分の道しるべを教えてくれる一冊の赤い本を持ち、すももの元へと向かいました。すももはぬいぐるみを「ユキちゃん」と名づけ、不思議な杖を手にしました。

そして始まった、新しい日々。昼間は不器用な男の子「石蕗正晴」として、そして夜になれば、不思議なぬいぐるみ「ユキちゃん」としての毎日。

如月先生の計《はか》らいで、正晴は園芸部にも入部しました。そこにはすももと、すももの親友・**八重野撫子**《やえのなでしこ》の姿もありました。

星のしずくを集める、一生懸命なすもも。

園芸部で花を育て、はにかんでいるすもも。

すももの心に触れ合ってゆくうちに、正晴は次第にすももに惹《ひ》かれてゆきます。すももまた、正晴のことを密《ひそ》かに思い続けていました。だけど、二人は初めての恋にとまどい、互いに気持ちを告げられずにいた。

そんなある日、すももの前に**プリマ・アスパラス**と名乗る謎の少女が現れたのです。プリマ・アスパラスは一方的にすももをライバル視すると、星のしずくを集める勝負をつきつけてきました。

すももはプリマ・アスパラスが一体誰なのかわからず、とまどうばかり。だけど、その謎は意外な場所ですももたちを待ち受けていたのでした。

正晴たちのクラスにやってきた転校生、**結城ノナ**《ゆうき》。松田《まつだ》という執事《しつじ》をひきつれたお嬢様な転入生――彼女こそがプリマ・アスパラスだったのです。

すももが星のしずくをすくうときに使う杖。それを使いこなすのは、選ばれた女の子。プリマ・アスパラスは、フィグラーレで最も優秀な「選ばれた女の子」だったのです。ノナは園芸部にも入り、ことあるごとに勝負を挑《いど》んできます。「選ばれた女の子」なのに、あなたは頼《たよ》りないと言われ、困ってしまうすもも。だけどすももは、ユキちゃんのために一生懸命、星のしずくを集めました。

自分のために頑張ってくれている……正晴の心は揺《ゆ》れました。正晴の心を押してくれたのは、ぬいぐるみの姿の時に聞いてしまった、すももの思いでした。

すももは一年前の春からずっと、正晴を思い続けていたのです。

思いを知った正晴は、すももに自分の心を告げました。

星のしずくを集めることから始まった、ユキちゃんとすももと、正晴の不思議な関係。それはやっと形になって、二人は恋人同士になりました。

あともう少し。星のしずくがなつそろえば、何もかもが元通り。

そうなるはずだったのです。

しかし二人の心を、遠く引き離してしまう出来事が起きてしまいました。

すももへ勝負を挑んできたプリマ・アスパラス。

ふたつの力が暴走してしまい、すもももプリマ・アスパラスも激しい砂嵐の中に呑《の》みこまれてしまいます。

正晴は異変に気づき、二人のもとへと駆けつけました。すももが「言葉」を唱《とな》えて杖の力を使えば、二人を救いだせるはず。しかしその「言葉」は正晴の持つ本の中。

その時、正晴は正晴のまま——人間の姿のままの時間でした。

しかし正晴は、すももを救うために砂嵐の中に飛び込みました。正体が気付かれるかもしれないにも構わず、正晴はすももを助けることを選んだのです。

そして、無事にプリマ・アスパラスを救い出した時、すももは気づいてしまいました。ユキちゃんの正体は、正晴だったということに。

「秘密を守れなかったら、大事なものを失ってしまう」

それは言葉どおりでした。

正晴を元の体に戻すために集めた、ななつの星のしずく。そのしずくでできた薬を飲めば、本当なら正晴はそっと普通の生活に戻るはずでした。

しかし秘密を守れなかった者には、罰《ばつ》があるのです。

星のしずくの薬に、ある大きな副作用が生まれたのです。

それはすももにとっても、正晴にとっても大事なものでした。

大事なものを失う……それは、すももと過ごした時間の記憶を、失ってしまうことでした。

序

「早く咲《さ》かないかな」

「どんな花が咲くんだろ。すももはもう知ってるんだよな」

「う…うん…間違ってなかったら」


俺たちは、まだ芽《め》の出ない手作りの花壇《かだん》を見つめた。

一緒に見つけた、ひとつだけ転《ころ》がっていた球根《きゅうこん》を埋《う》めた場所だ。


どんな花が咲くんだろう。

すももが丁寧《ていねい》に育ててくれているから、きっとキレイに咲くはずだ。


「もしもわたしが先に、このお花が咲いたの見つけたら……ハル君に一番に教えるね」

「ありがとう。俺が先に見つけても、そうする」

「うんっ」

「でも一緒に見つけられたら、いいな」

「そうだな」

俺は立ち上がり、すももの隣《となり》に並んだ。

すももは一瞬俺の顔を見上げて、少しずつ俺のそばへ近づいてくる。

言葉も音もない時間は、どれくらいだったろう？

一歩ずつ様子《ようす》をうかがうように、すももとの距離《きより》が縮《ちぢ》まってゆく。

俺の方からも一歩踏《ふ》み出したとき、お互いの肘《ひじ》がそっと当たった。

どちらからってわけじゃないけど、いつの間にか俺たちはゆるく手を繋《つな》いでいた。

「ハル君」

「ん？」

「なんだか不思議なの、わたし」

「……？」

「ハル君とこうやって手をつなげること」

「そ…そうか」

「あのね」

「…ん？」

「好きになった人が」

「……うん」

「好きになってくれるのってね」

「……うん」

「すごいことだと思うよ」

返事をする代わりに、俺はぎゅっとすももの手を握《にぎ》り返した。

細い指がくすぐったそうに、俺の手の中で動く。

俺が言葉にできなかった返事を、すももはとびきりの笑顔で返してくれた。

俺は思う。

もう一度、俺はすもものことを好きになるだろう。

でも。

もしも神様とか、運命とか、そんなものを作る誰かがいたなら、俺はなりふりかまわず願いたかった。

このほんのわずか一瞬の、こんなにも愛《いと》しいと思った気持ちを忘れさせないでください。

誰にも言えない、たったひとつの願い事。

第一章「約束」

わたしの好きな人は、記憶《きおく》をなくしました。
わたしのことを、好きになってくれた人でした。
夏の日にわたしのことを好きといってくれたこと、一緒に勉強をしたり、大好きな星の話を教えてもらったりしたこと。

本当に不思議な出会いから、わたしの恋《こい》が回り始めたこと。

全部、全部なくしてしまった――けれど。

わたしは約束しました。
好きな人は約束してくれました。

だから、わたしは。

＊

鮮《あざ》やかな緋色《ひいろ》が、目の前に落ちてくる。
顔をあげると、空一面にきれいな夕焼けが広がっていた。

そして、わたしは思い出してしまう。
日が沈《しず》む時間が近づくと、慌《あわ》てて走り出した後ろ姿。
わたしよりも頭ひとつぶん背の高い、広い背中のその人の後姿は、いつも長い影《かげ》だけ残して走り去っていく。

毎日毎日繰《く》り返されていた光景、でも、もう今は見ることのできないもの。

……いけない。だめだよね。悲しい気持ちになっちゃいけない。

手元のジョウロをひきよせる。たぷんと、水が揺《ゆ》れる感触《かんしょく》が伝わってきた。

「だって、約束したんだもん……ね」

わたしの通っている星城学園《せいじょうがくえん》は、かなり古くからある学校だ。
その広い敷地《しきち》のなかでも一番端《はじ》っこにある旧校舎の裏側に、花壇《かだん》と古い温室《おんしつ》がある。
そこが園芸部《えんげいぶ》。わたしはいつもこの場所で夕暮れを迎《むか》えていた。

「すもも？」
「あ……ナコちゃん」

心配げな眼差《まなざ》しが、わたしを映《うつ》している。

さらさらと流れる綺麗《きれい》な髪と、長い手足と、よく通る声の持ち主の名前は八重野撫子《やえのなでしこ》――わたしはいつもナコちゃんと呼んでいる。

ナコちゃんはわたしの気持ちをいつも、時には自分自身よりも早く気づいてくれる大事な大事な幼なじみ。子供の頃からずっと一緒で、今も同じクラスで、星城学園に入学した時にわたしと二人で園芸部を始めてくれた人だ。

夕暮れの空を見上げていたわたしが何を思い浮かべてしまったのか、ナコちゃんはきっと気づいている。だから、こんなにも心配そうにこっちを見ているのだ。

「すもも、大丈夫？」

「う、うん、平気だよ」


半分本当で、半分は嘘《うそ》だった。


「……すもも」

「ナコちゃん、ちょっとお水くんでくるね」

これも半分だけ、嘘だった。

持っていたジョウロの中に、水はまだ半分以上残っていた。


「うん、いってらっしゃい」

こういう時、ナコちゃんはいつもまっすぐな返事をくれる。本当のことを知っていたとしても、優しく自然に、わたしの背中を押してくれる。

「いってくるね」

心の中で溢《あふ》れそうになっている何かを抑《おさ》えるため、自分の心の蓋《ふた》を少しだけきつく閉める時間を、ナコちゃんはそっとわたしにくれた。

＊

夕暮れの赤い校舎、少しずつ下がってゆく気温。

自分の影を追いかけながら、歩《あゆ》みを速《はや》めたその時だった。


――がしゃん。


最初、その音はすごく遠いところで鳴っている気がした。

でもそれは、自分の足元からだった。地面に転がる、さっきまでわたしが持っていたジョウロ。

ジョウロがくるくると躍《おど》る。流れおちた水は、土の上で小さな水溜《みずた》まりを作っていた。

そして、残りの半分以上は、目の前に立つ人のひざから下を濡《ぬ》らしてしまっていた。

わたしは顔をあげた。

それから、目の前に立つその人を見て、息がとまる。

どうして繰り返すのだろう。それともこれは、夢なのだろうか？

半年前の、あの五月の春の日の出来事を、夢に見ている？

「冷《つめ》て……」

夢じゃない。わたしを現実にひき戻してくれたのは、小さな囁《ささや》き声だ。

「……つ、つわぶ…きくん……！」

校舎の角から突然現れたのは、石蕗《つわぶき》くんだった。石蕗正晴《まさはる》くん。わたしは何度その名前を心の中で呼んだことだろう。今年の初めから同じクラスになった人。でもわたしにとっては、もっと違う……もっと前から知っている人。

初恋の人で、そしていろんな初めてをくれた、わたしの一番好きな人だ。

「……秋姫《あきひめ》」

「あっ、う、うん」

名前を呼ばれただけで、胸の奥がどくんと鳴る。もうまっすぐ前を向くことなんてできなくて、わたしは視線を地面に落とした。

「あっ……ご、ごめんなさい」

慌てていたせいで、すっかり忘れそうになっていた。目の前の石蕗くんのズボンのすそは、すっかり濡れている。わたしはしゃがみこんで、ハンカチを取り出した。

「い、いいよ」

「でも、でもこんなに濡れてるからっ」

「だけど——いいよ。ハンカチの方が汚《よご》れるし、いい」

「でも……あっ」


地面の上に一冊の文庫本が落ちていた。

もうちょっとで水溜まりの端に引っかかりそうな場所だった。慌てて手を伸ばすと、乾《かわ》いた紙の感触が指先に触《ふ》れる。

「良かった……濡れてない」

茶色い紙のカバーがかけてあるからタイトルはわからない。でもまだきれいな、買ったばかりの本のように見える。本当に濡れなくてよかった。本の表面についた砂を落としながら、わたしはほっとため息をついた。

「ありがとう」

「ううん……あ、でも石蕗くんの方こそ、制服濡らしちゃって……か、風邪《かぜ》ひいちゃう」

「大丈夫だよ。冬じゃないんだし、すぐ乾く」

「えっ？」

「……あっ」

石蕗くんの視線が、眼鏡《めがね》のレンズの奥でふとそらされる。

困った時に石蕗くんがしてしまう癖《くせ》だ。


「ごめん、今……十一月だよな」

「ううん。謝《あやま》らないで石蕗くん、だって……仕方ないよ」

石蕗くんは目をそらしたまま、かすかに頷《うなず》いた。

今は十一月。

でも、石蕗くんの季節は五月のまま止まっている。ちゃんと長袖《ながそで》の制服を着ていても、肌にふれる空気が冷たくても、やっぱり時々間違えてしまう。

それは、石蕗くんが半年間の時間をなくしてしまったからだった。


「秋姫――」

同じ声で、わたしは違う呼ばれ方をしていた。わたしも違う呼び方で石蕗くんを呼んでいた。

でもそれは、なくしてしまった時間のなかでの出来事だった。

「秋姫、あのさ、俺ほんとに気にしてないから。こんなのすぐ乾くよ」

ごめんね、大丈夫。石蕗くん、今わたしが何も言えなくなっているのは、そのせいじゃないの。約束したのに、もうちょっとでがまんできなくなりそうだったから。

「秋姫？」

大丈夫。だから顔をあげて、笑って、石蕗くんの顔もちゃんと見よう。

そうじゃないと、石蕗くんも困ってしまう。

大丈夫、笑って顔をあげて——。

「すもも、なにかあったの？」

「……ナコちゃん」

振り返ると、ナコちゃんがわたしの方へと歩みよってきていた。

「なかなか戻ってこないから、少し心配で……石蕗、何かあったの？」

「ナ、ナコちゃん。あの、わたし、石蕗くんにぶつかっちゃって、ジョウロの水を……」

言葉につまるわたしと、困った顔で口をつぐんでいる石蕗くんを見て、ナコちゃんは何があったのかわかったようだ。

「そうか。すももは濡れてないのね？　石蕗は……大丈夫？」

「ご、ごめんね、石蕗くん……」

「……大丈夫だよ」

短い言葉の返事はそっけなく聞こえる。

怒ってるのかな、と胸の奥が軋《きし》んだ。だけどそれは一瞬だった。石蕗くんは怒ってるんじゃない。とても困っているんだ。

石蕗くんはいつも……いつもそうやって困っていた。

「ねえすもも。如月《きさらぎ》先生のところに行って、何か着替えを借りてきたらどうかな？　実験で汚れた時にって、生徒用のジャージ、何着か置いていたような気がする」

「ほんと?」

ナコちゃんはこくりと頷いた。

「石蕗もそうした方がいいと思うけど。そのままじゃ、風邪をひいてしまう」

「うん。石蕗くん……いこう?」

とまどう石蕗くんの手を、今すぐ行こうよ、と引っ張っていきたかった。でもそれはできない。今の石蕗くんに、わたしはそういうことができない。

石蕗くん、行こうよ。ごめんね、風邪ひかないでね。

声にできない言葉を口元で止める。石蕗くんも、何故《なぜ》か同じようにとまどった顔でわたしを見下ろしていた。

「……わかった」

また、短い返事だった。

胸の奥が痛い。わたしのわがままな気持ちが、痛みを感じてしまう。

「うん。じゃあすもも、石蕗を案内してあげて」

「え、ナコちゃんは？」

「私は後片付けをしておくよ」

「でも」

「ほら、早く行かないと、石蕗が本当に風邪をひいてしまうよ？　いってらっしゃい」

柔《やわ》らかな手が、とん、とわたしの背中を押してくれた。

……ナコちゃん、ありがとう。

ナコちゃんはわたしの心を見透《みす》かしているように、優しい笑みを浮かべていた。

「あ、あの……じゃあ石蕗くん……いこ？」

「……ん」

花壇の前でナコちゃんと別れて、わたしと石蕗くんはすぐに如月先生の部屋へと向かった。

如月先生の部屋は旧校舎の中、園芸部の花壇がある場所のすぐそばの生物科の準備室だ。扉を叩《たた》くと、幸いなことに先生の返事はすぐかえってきた。

事情を話すと、ナコちゃんが言ったとおり生徒用のジャージはあるらしく、わたしはほっとした。

＊

「はい、じゃあこれね。サイズはたぶん合うと思うよ」

「ありがとうございます」

如月先生からジャージを受け取った石蕗くんは、扉に手をかけた。

「あの、着替えるなら……わたしが外に出て……」

「いいよ」

「あっ」

石蕗くんはそれだけ言って、出てゆく。目の前の扉がばたんと閉まった。

もしもわたしの記憶も半年前に戻っていたなら、きっと言葉をつまらせていただろう。

「相変わらず石蕗君は愛想悪いねえ」

「そ、そんなことないです！　いまは……だって……」

「わかってるよ、すももちゃ……いや、秋姫さんって呼ばなきゃね」

如月先生はぺろりと舌を出した。わたしは思わずくすりと笑ってしまう。如月先生はそういう人だ。

いつも明るくて、でも人一倍気を遣《つか》ってくれる人だと思う。生物の先生で、園芸部の顧問《こもん》でもあり、わたしの叔父さんにあたる。先生としてよりも、家族のような存在としての時間の方が長い人。

だけど今は、もうひとつ。如月先生は、わたしにとってもうひとつの意味をもってここにいる。

「どうかな、石蕗君の様子は。変わったことはない？」

如月先生は椅子《いす》から立ち上がると、柔らかな笑みのままわたしを覗《のぞ》き込んできた。

「はい、たぶん」

「たぶん？」

「あの……お家、寮に帰ってからの石蕗くんはわからないから……」

「そうだね。うん。でもきっと大丈夫だよ」

如月先生は、優しくそう言う。

はい、とわたしは頷いた。


そう、大丈夫。石蕗くんは体のどこも怪我《けが》などしていない。

その秘密を知っているから、わたしははいと頷いた。


「石蕗くん、毎日元気にしています」


石蕗くんの様子は変わらない。記憶は戻らないけれど、そのかわり、あの日みたいにいきなり倒れることもない。

あの日——あの日も、この場所にいたのはわたしと石蕗くんと如月先生だった。

植物と、かすかな薬品の匂《にお》いがまざったような生物科準備室。如月先生の部屋で、あの朝わたしは青ざめた石蕗くんの顔を見下ろしたのだ。


あの朝。それは石蕗くんがやっと登校してくる日の朝だった。

＊

昨日よりも少しずつ朝の気温が下がり始める、十一月の初め。

ナコちゃんは日直《にっちょく》だったから、その日のわたしは一人で登校した。教室へ向かおうとした足を、ふと園芸部の方へと向けたのはちょっとした気まぐれだった。

冬の花壇は、たくさん気をつけなきゃいけないことがある。新しい芽を一番大事にしなければいけない季節だ。

「今まいているのは……どの種《たね》だったかな」

種類によって注意しなきゃいけないことは違ってくる。わたしの頭の中はそんなことでいっぱいだった。いっぱいにしていないと、何もかもが空っぽになってしまいそうだったからかもしれない。

とにかく、たくさんの「やらなきゃいけないこと」を頭の中につめこみながら、わたしは時間をやりすごしていた。

「水まきは放課後のほうがいいかな。うん、そうしよう」

「…………うっ」

「えっ？」

かすかなうめき声は、花壇の方から聞こえてきた。

「誰？　誰か……いるんですか？」

返事はない。

でも確かに誰かがいる。わたしはゆっくりと花壇の方へと近寄った。

「あの……えっ？」

花壇のすぐ近くのベンチに手をかけて、誰かがそこにうずくまっていた。丸まった背中は苦しそうに息をしている。

わたしは慌ててその人の肩に手をやり、声をかけようとして……気づいた。

「ハルく……んっ！」

「……………？」

ハル君——そう呼びかけて、わたしは慌てて口元を押さえた。

「つ、石蕗くん、どうしたの？　苦しいの？」

「…………」

石蕗くんがちらりとわたしの方を見た。顔色は真っ青だった。何かを話そうと唇が動いていたけれど、声は聞こえなかった。

「ど、どうしよう……石蕗くん、石蕗くん！」

「……ごめ……お……れ……」

「しゃ、しゃべっちゃだめだよ……あの、先生を呼んでくる！　すぐ戻るね」

「……あ…うん」

頭を抱えるようにして、石蕗くんはベンチによりかかった。額《ひたい》にうっすらと汗が浮かんでいる。慌ててハンカチをあてると、石蕗くんの手が伸びてきた。

熱をもった指先に、わたしの不安はますます広がってゆく。

「石蕗くん……」

そばを離れるのは心配だったけれど、わたし一人では何もできないのは明らかだった。できるだけ早く戻れるように——わたしは一番近い場所、如月先生の部屋へと走り出した。

＊

「先生……」

「大丈夫、熱もないし呼吸も安定してる」

部屋の片隅《かたすみ》におかれたソファの上で、石蕗くんはかすかな寝息《ねいき》をたてている。

慌てて駆け込んだわたしに驚きながらも、如月先生は石蕗くんをここまで運んでくれた。

もう呼吸は苦しそうじゃない。額に浮かんでいた汗もすっかり消えてなくなっていた。眠っているだけ、そんな風に見える。けれど、わたしの胸の中の不安は決して消えてはくれなかった。

「先生、石蕗くんがこうなっちゃったの……やっぱりあのことが原因なんですか？」

「そうだろうね。でもこんなに体調を崩《くず》すほどとは思っていなかったんだけどな……よっぽど何かが……」

如月先生が首を傾《かし》げる。

石蕗くんが倒れた理由、その本当の理由を、先生も知っているからだろう。

「いや、やめておこう。大丈夫だよ秋姫さん。きっともうすぐ目を覚ますはずだから」

「……はい」

「ただやはり、彼の記憶を揺《ゆ》さぶるようなことは控《ひか》えないといけないかもしれないね」

「………………」

「ごめんね、辛《つら》いことを——言ってるね」

わたしには、何もできることがない。

もう何もできることが、ない。わかっていたからこそ、もどかしくてたまらなかった。

「石蕗くん」

たったひとつ、できること。

それはそばにいることだけだ。でもそれすら、石蕗くんにとっては心地《ここち》いいものではないかもしれない。わたしがそばにいること、それは石蕗くんがなくしてしまった時間そのものになってしまう。

思い出して、とは言えない。
約束しているから。石蕗くんが、選んでくれたから。

「……んん」
「石蕗くん？」
「あ……れ……？」
「大丈夫？」

「秋姫？」

どうして、と言われているようだった。わたしがここにいる意味を、石蕗くんは知る由《よし》もない。普通のクラスメイト。半年前のわたしに、戻らないと。

わたしは笑顔を、作った。

*

「如月先生、ありがとうございました」

「――！」

突然開いた扉の音に、心臓がどくんと脈打つ。振り向くと、着替えおわった石蕗くんが戻ってきていた。

わたしの時間は、いっきに「今」へと振り戻される。

「どうです、サイズは合いましたか？」

「はい、助かります」

ジャージに着替えた石蕗くんは、制服を丸めて抱えていた。

それから机の上に置いていた文庫本を手にとると、ポケットの中へとしまった。

石蕗くんが本を持っているのを、わたしは初めて見る。何を読んでいるのだろう、と少しだけ気になってしまう。

そんな自分に気づいて、わたしは……視線を落とした。

「秋姫」

「は、はい」

石蕗くんがわたしの方を見て、名前を呼んでくれた。

嬉しいと感じる気持ちと、喜んではいけない、という何かが胸の中をひっかく。

「あの、ありがと。ほんと平気だったんだけど、いろいろしてくれて」

「ううん、わたしこそ……」

「部活の途中だったのに、ごめんな」

「えっ」

言葉が出ない。部活……園芸部のことを言っているのだろう。
石蕗くんはわたしのことを心配して言ってくれたはずだ。それは嬉しかった。だけど、
錘《おもり》が水中へとゆっくり落ちてゆくように、わたしの心は沈んだ。

「石蕗君、君もだよ?」

「はい?」

「君も園芸部なんだから」

「あ、ああ……はい」

石蕗くんの視線が、眼鏡の奥でさっと横を向いた。

「また気が向いたら、部活の方にも顔を出しなさいな。無理しない範囲《はんい》でいいからね」

「……わかりました」

石蕗くん。

園芸部に来てほしいよ、また一緒に、みんなで――ねえ。

それは石蕗くんにとって、苦しいこと？

聞けない思いばかりが、溢れてくる。

「じゃあ」

「あ、うん」

頭ひとつぶん背の高い石蕗くんが、目の前を通り抜けてゆく。

またね、とか、さようなら、とかそんな声さえも出なかった。

ただ、こんなことばかりを考えてしまう自分だけが嫌だった。

「秋姫さん」
「……はい」

ばたん、と扉が閉まって一瞬の静けさが訪れた後、如月先生は言ってくれた。

「大丈夫、またきっと園芸部にも来てくれるよ」
「……は、はい」
「石蕗君も今は、いろいろ気持ちの整理がついてない頃なんだろう。記憶をなくすっていうのは、なかなか大変なものだから」

記憶をなくすこと。
石蕗くんには交通事故だったと伝えられている。クラスの皆もそう信じている。

本当のことは、みんな知らない。

それは、石蕗くんが自分で選んだ選択だった。わたしのために、選んでくれた。

自分がどうなるかも全部わかっていて、選んでくれたこと。
だから、胸が苦しかった。
「石蕗……くん」
戻ってきてほしいよ。でも。
そんな風に思うわたしの心を、強くさせてくれる言葉を思い浮かべる。
約束――わたしにしてくれた約束。
息を吐《は》き出して、わたしは前を向いた。

◆

――今は、何月ですか？
何度も頭の中に繰り返される言葉だ。
他愛《たあい》ない質問なのに、俺のなかではとても気味の悪い、何かいいようのない不安を感じさせる言葉だった。

その言葉を初めに聞いたのはほんの数日前。

さっきまでいた生物科準備室――如月先生の部屋で、だ。

十一月の初めのその日、俺は数週間ぶりに登校したらしい。そんな時期に長期の休みなんてない。俺はある理由で来られなかった……らしい。

さっきから、浮かんでくる言葉は「らしい」ばっかりだ。

仕方なかった。

俺は自分の身の上に起こった出来事を、全部人から聞かされたのだから。

「おーい、ハル！」

「石蕗……あれ？　ジャージなんか着て、どうしたの？」

「……あ、別に……制服が濡れたから」

廊下《ろうか》の向こうから現れたのは、深道信子《ふかみちのぶこ》と桜庭《さくらば》圭介《けいすけ》だった。俺は名前を頭の中で呼ぶ。二人は去年から同じクラスだ。深道も圭介もいつも明るい声を出して笑っている印象。それは大丈夫、覚えている。

「どうしたんだよ、そんな顔してさぁ。オレの事忘れてないだろっ」

「こら！　圭介」

圭介の頭を深道がばしりと叩いた。突然そんなことをする理由がわからなくて、俺は一瞬とまどったけど……すぐにわかった。

「あいたたっ、ご、ごめん……冗談だってば。ハル、怒った？」

「圭介のバカは私がきつーく叱《しか》っておくからさ」

「怒ってないよ」

俺に気を遣ってくれているのだ。深道も、圭介も、それぞれのやり方で。

「ごめん、俺大丈夫だから」

「……ハル？」

深道も圭介も、何故かきょとんとした顔で俺を見ていた。

「うん、それならいいんだけどさ」

「ありがとう……ごめん」

少しだけ急ぎ足で、俺は二人のもとを後にした。

あの日も、そんな顔をして俺を覗き込んでいる人がいた。

秋姫すもも。

あの日の朝、久しぶりに登校した俺は気分を悪くしてか、教室にたどりつく前に倒れてしまった。そして俺を見つけてくれたのが、秋姫だ。

生物科準備室で目を覚ました俺が、最初に目にしたものは、秋姫の今にも泣きそうな目だった。

一体何が起こったのか、と、言葉をなくしている俺に如月先生は問いかけてきた。

――今は、何月ですか？

俺は答えた。五月です、と。
今十一月。空気は日に日に冷たくなっていって、冬が始まっている。
そして、俺はやっと聞かされた。どうして五月と答えたのか、その理由を如月先生は静かに俺に告《つ》げた。

君は、事故にあって半年間の記憶を失ってしまいました。

隣にいた秋姫はずっと俯《うつむ》いていた顔をあげて、微笑《ほほえ》んだ。

「大丈夫だよ」

何をどうやって、飲み込んでゆけばいいのだろう。
ただただ迷う俺にそう告げた秋姫の声が、何故か頭から離れない。

＊

「石蕗、今日は帰り早いんだな」
「――麻宮《あさみや》」

寮に戻った俺へ最初に声をかけてきたのは、麻宮夏樹《なつき》だった。

俺も入っている、星城学園の学生寮には麻宮という名の生徒が三人いる。夏樹、秋乃《あきの》、冬亜《とうあ》。三人は三つ子で、秋乃と冬亜は女の子だ。

一年の時同じクラスだったことと、同じ寮生ということもあってか、麻宮たちとは話す機会が一番多い。

とくに、そんなに口数が多いわけではないけれど、夏樹とはよく話していた。


「どうしたんだ、それ」

「ああ、ちょっと濡れてしまったから洗濯室《せんたくしつ》で乾かそうと思って」

水で濡れただけだから、洗濯室でかるく乾燥《かんそう》させるだけで大丈夫だろう。

手の中でぐるぐると丸められたズボンを見て、夏樹はふうんと小さく頷いた。


「そうか」

「…………ん？」


そのまま歩みを進めると、夏樹も一緒に横についてくる。

だけど向こうからは何も言わない。

結局、俺の方から聞くことになった。

「麻宮も洗濯室行くのか？」

「ああ」

夏樹もまた、何かが入っているような袋を抱えている。

それは今から洗濯するものなのだろう。


「……そっか」


なんだか微妙な間のまま、廊下の一番奥まで進む。洗濯機と乾燥機が並んだコインランドリーのようなところが洗濯室だ。

今日はまだ誰も利用していないのか、しんと静まりかえっていた。

夏樹は黙ったまま、洗濯機のひとつのフタを持ち上げると、タオルやらシャツやらを放り込んでいった。

俺はそのひとつ隣の乾燥機の戸に手をかけた。

「……一瞬乾かすだけでいいかな」

タイマーのメモリを少しだけまわしたとき、突然すぐ隣にいた夏樹の姿が視界から消えた。


「えっ？」

「石蕗、これ落ちたぞ」

「ん？　あ、ありがと」

床にかがんでいた夏樹が立ち上がり、俺の方へと手を差し出した。ポケットから落ちたのだろう。それは真っ白な……俺が持つのは似つかわしくないハンカチだ。


「このハンカチ、石蕗のか？」

「まさか。前にちょっと借りてたのを、忘れてたんだ」

忘れていたというのは、半分嘘だ。

ポケットの中にそのハンカチが入っていることは、いつも覚えていた。持ち主も、いつ借りたかも知っている。


秋姫のものだ。

「これ、一度洗いなおしてアイロンでもかけた方がいいぞ」

「……そうだな」

夏樹の言うことはもっともだ。

一度は洗ったけれど、ポケットの中に入れていたせいですっかりシワができてしまっている。白くてキレイなハンカチは、それだけでも悲しげに見えた。

「なあ、石蕗」

洗濯機から水が流れ出す低い音が聞こえてくる。

手ぶらになった夏樹が、くるりと体の向きを変えて俺の顔を見ていた。

「まだ園芸部、行かないのか？」

「……えっ？」

「いや、まだ体の調子が悪いのかなと思ってさ」

「そんなわけじゃないけど」

「そうか」

夏樹は俺の返答に納得したのか、それとも用事が終わったからなのか、じゃあと小さく手をあげると先に部屋へと戻ってしまった。
洗濯室に残された俺は一人、ごうごうと音をたてる乾燥機の前でぼんやり立ち尽くす。
園芸部、行かないのか？
夏樹だけじゃない。如月先生にも、圭介たちにも言われた言葉だ。
俺は園芸部に属していた……らしい。
クラスメイトの名前も、校舎の中で自分の通う教室や机の位置も忘れてはいなかった。
でも園芸部に入っていたことだけは、思い出せない。
それも、皆から言われるほどに熱心に通っていたなんて信じられなかった。
俺はどうして園芸部に入ったのだろう。
「……はあ」
秋姫は、そんな俺だったからこそ、親切にしてくれているのだろうか。

ガクンという音とともに、乾燥機の振動《しんどう》が止まった。

すっかり乾いたズボンを取り出す。

秋姫の白いハンカチは、結局シワの入ったままになってしまった。

◆

それはちょうど、如月先生の部屋から園芸部へと戻る途中、旧校舎から花壇の方へと続く階段を下りている時のことだった。

「おや、秋姫さんっ！　こちらにいらっしゃったのですね！」

「あ、松田《まつだ》……さん」

顔をあげると、松田さんがバスケットを抱えてにこにこと駆け寄ってきた。

背の高い、でもどことなく気弱そうな松田さんはこの学校の生徒ではない。先生でもない。わたしと同じクラスの結城《ゆうき》ノナ……ノナちゃんの執事《しつじ》という立場の人だ。

いつもなら松田さんの近くにはノナちゃんがいるはず。というか、ノナちゃんの近くにしか、松田さんはいないのだ。

だけど今日は珍しく、松田さんは一人で廊下を歩いていた。

「あの、ノナちゃんは……」

「お嬢様は、先に園芸部の方へ向かわれました。私はちょっと用事がございまして、遅《おく》れてやってきた次第です」

「そ、そうですか」

お嬢様の付き人、というのはそのまま松田さんにあてはまる言葉だ。それなのに厳《いか》めしいところはなく、どちらかというと気さくな感じだ。だから松田さんがそばにいると、なんだか自然に頰《ほお》が緩《ゆる》んでしまいそうになる。

「あの、ちょっとよろしいでしょうか、秋姫さん」

「は、はい？」

長身の松田さんが急に覗き込んできたので、わたしは思わず一歩下がってしまった。わたしの顔に何かついているのかなと慌てて手をやると、今度は松田さんの方が不思議な顔をしている。

「私の気のせいだったのでしょうか、秋姫さんがほんの少しお元気がないように見えましたもので」

「え、そ、そんなことないですよ？」

「そう……ですか。私の思い過ごしでしたら、それでよかったです、はい」

慌てて答えたわたしに、松田さんは納得してくれただろうか。

どきどきしながら隣を歩いたけれど、松田さんはその後同じようなことを言い出すことはなかった。


「ああ、戻ってまいりましたわ」

「すもも、おかえり。松田さんこんにちは」

「こんにちは！　遅くなって申し訳ありません、お嬢様」

花壇の前まで戻ると、松田さんの言うとおりノナちゃんが顔を出していた。

わたしと、ナコちゃんとノナちゃん。それから、松田さん。

園芸部の顔ぶれが、久しぶりにここに集まっていた。

「ところでお嬢様。例のものなのですが……何がよいかよいかと散々悩んだあげくに、こちらの珍しい果物にいたしました」

「……ええ」

例のもの？

松田さんは急にうやうやしく一礼をしたかと思うと、手に持っていたバスケットをわたしたちの方へと差し出してくる。

「どうぞお召し上がりください」

「えっ？　わ、わたしたちに？」

「結城、どうしたの？」

バスケットの中からかすかな甘い匂いが広がる。中身は真っ赤に輝く大粒《おおつぶ》のイチゴだった。突然の贈り物に、わたしもナコちゃんも目を丸くしてしまう。

「別にその、私、しばらく忙しくて園芸部に出られない時間も多くなるので――」

「はい、お嬢様が皆様に何かお詫《わ》びのしるしをということなので、私この界隈《かいわい》で一番美しいこの果物を探してまいりました！」

「も、もう！　松田っ!!」

松田さんに促されて、わたしもナコちゃんもイチゴに手を伸ばした。口にふくむと、とたんに甘い味が広がってゆく。

「おいしい……！　すごくおいしいよ、ノナちゃん。ありがとう！」

「ねえ、結城も一緒に食べよう」

「え、ええ」

ノナちゃんの贈り物は、甘くて美味しくて、どこか幸せな味がした。

イチゴが新鮮だったからだけじゃなく、ノナちゃんや松田さんの気持ちが、それから一緒に食べているみんなの笑顔がそう感じさせたのだろう。

ほんの少しだけ重くなっていたわたしの心は、手のひらの上の赤い贈り物で救われた。

「結城、園芸部のことはそんなに心配しなくてもいいよ」

「そう言っていただけると助かりま……くしゅん」

いつものように優雅《ゆうが》に頷こうとしたノナちゃんが、くしゃみをひとつこぼした。

わたしやナコちゃんが大丈夫、と問いかける前に、一歩飛び出したのは松田さんだ。

「あああ、お、お嬢様大丈夫ですか？　近頃はずいぶん冷えてまいりましたからねえ」

「こ、これくらい大丈夫よ」

「でも今日は本当に冷える夜になりそうだ。部活の方も終わったことだし、そろそろ帰ろうか」

ナコちゃんの言葉に松田さんもうんうんと大きく頷いている。

空を見上げると、もう東の方はほとんど群青色《ぐんじょういろ》に染《そ》まり星も瞬《またた》きだしていた。

日に日に太陽の沈む時間が早くなっている。もう冬なのだ、と肌で感じる瞬間だった。

「秋姫さん」

「え、あ、うん。どうしたの、ノナちゃん？」

「……ごめんなさい、なんでもありません」

「え？」

ノナちゃんは確かに何かを言おうとしていた。きゅっと結ばれた唇が、かすかに動いていたのだ。

どうしたの？

わたしはもう一度問おうとしたけれど、間に合わなかった。

「では失礼いたします。松田、帰りましょうか」

ノナちゃんの後姿を、わたしは無言のまま見送った。

「すもも、どうしたの？」

「ううん……ナコちゃん、わたしたちも帰ろうか」

「そうだね」

ナコちゃんは自転車を押してわたしの隣を歩いてくれる。

街灯がぽつぽつと明かりを灯しはじめる。

いつもの帰り道だった。でも。

……どうしてなんだろう。どうしてこんなに寂《さび》しいと感じるの？

……こんなの、わがままな気持ちだよね。

もう少しで出来上がりそうなのに、最後の何ピースかが足りないパズル。

わたしの中のどこかで、行方がわからなくなってしまった何かが、確かにあった。

第二章「そら」

今日は、雨が降るのかな？

窓の外の空は、朝からどんよりと曇《くも》っていた。天気予報では午後からは天気は崩《くず》れるでしょう、と言っていた。確かに、空気はお昼を過ぎてもどこか湿《しめ》っていて、いつ雨が降ってもおかしくない。そんな天気がここ数日続いていた。

もしも、今日晴れたら。

それは毎日思ってしまう、切《せつ》ない願い事だった。

もしも放課後、空が晴れたら石蕗《つわぶき》くんは園芸部に来てくれる――。

強く目を閉じて、そんなことを願ってしまう。

そして今日も、放課後を告げるチャイムの音が校舎の中に響《ひび》いた。

「すももちゃん、さようなら」

「あ、うん、さよなら」

チャイムとともに教室内はいっきに騒《さわ》がしくなる。部活へ向かう人、家へと帰る人、他の教室やグラウンドで授業をしていて、鞄《かばん》を取りに戻ってきた人。

誰一人として動きを止めることのない教室の中で、わたしだけがただぼんやりと立ち尽《つ》くしていた。


……空は晴れている？


もう一度窓の外を見る。

雲は相変わらず重く空を覆《おお》っていた。

それから、わたしは教室の中で視線を一巡《ひとめぐ》りさせた。すぐに見つけることのできる、背の高い、ちょっとだけ猫背の後姿。

石蕗くんは、ちょうど廊下《ろうか》へと出て行こうとしている。

さよなら、また明日、気をつけて帰ってね。

教室の中で飛び交《か》っているいくつもの言葉を、わたしは石蕗くんに言いたかった。だけどわたしの声はのどの奥で留《とど》まってしまう。

空はやっぱり晴れていない。

「すもも、どうしたの？」

「あ、ナコちゃん……ううん、なんでもないよ？　部活、行こうか」

「うん。結城《ゆうき》は今日もちょっと用事で来れない、ごめんって言ってた」

「そっかぁ」

ナコちゃんと二人、わたしたちは並んで廊下を歩いた。花壇《かだん》のある旧校舎までは少し距離がある。わたしはいつも、ナコちゃんと二人で花壇までの道を歩いていた。

半年前は、それがあたりまえだったのに、今ではそのあたりまえが寂《さび》しい。

「すもも？」

ナコちゃんがわたしを覗《のぞ》き込んでくる。

わたしは悲しい顔をしているのを隠せなくて、とっさに窓の方を見上げて、言った。

「空、晴れないかなぁ」

「……きっと晴れるよ」

ナコちゃんがわたしの願い事を知っているはずもない。

それでも、その言葉はわたしの心の中を優しく撫《な》でてくれた。

＊

「すもも、そっち終わった？」

「あ、うん。もうちょっと……ナコちゃんは？」

「こっちももうちょっとだけど、少し大きめのスコップが必要みたい」

「スコップ？　ああ、本当だ」

ナコちゃんの手元を見ると、土の中から少しだけ顔を出している石がある。

今持っている小さなスコップでは掘り起こせなさそうな大きさだった。

「温室の倉庫の方にならあったかな。大きめのスコップ」

ホースや空っぽの植木鉢のほかにも、ショベルやスコップも揃《そろ》えられているはずだ。あまり使わないから、少し錆《さ》びていたような気がするけれど——。

そんな風に倉庫の中身を思い浮かべていたわたしを、ナコちゃんは意外な表情で覗き込んできた。

「でも……」

「ナコちゃん？」

どきり、とした。

ナコちゃんは心配している。わたしを一人にすることを、できるだけ避けようとしている。でもそれを口に出せずに、きれいな形の眉《まゆ》が少しだけ下がっていた。

そんな風に心配をかけてしまっていることに、はっとなった。

「大丈夫、ナコちゃん、いってきて！」

わたしができるだけ明るくそう言うと、ナコちゃんの眉はゆっくりといつもの凜々《りり》しい表情を見せてくれる。

「わかった。じゃあ取ってくる。」

「うんっ」

「すぐ戻るから」

「もうっ、大丈夫だよお」

ナコちゃんはまだ少し心配そうだったけれど、こくんと頷《うなず》いて立ち上がった。

長い影を地面に縫《ぬ》いつけながら、温室の方へと走ってゆく後姿。

何気ない毎日、入学して園芸部を始めた時から何度もそんな後姿を見た。

石蕗くんがこの光景にまざりあったのは、不思議な巡りあいというか、運命みたいなものの気まぐれだったのかもしれない。

本当なら、わたしの恋心は実らないものだったのかもしれない。

石蕗くんが隣にいない世界。

これが、本当の未来だったのかもしれない。

いけない。

そんなこと、考えちゃいけないよ。

持っていたスコップの先に、固くなった土の感触が伝わってきた。
固まってしまった土。
まるで今のわたしの心みたい。

「少しお水をあげて、柔らかくしないとね」

ため息はつかないようにした。
代わりに大きく息を吸い込む。陽《ひ》の落ち始めた十一月の空気は冷たくて、気持ちを落ち着けるにはもってこいだ。

「……あ！」

がらんがらん。
乾《かわ》いた音が地面の上で響く。
俯《うつむ》いたままで伸ばした手が、ジョウロに当たって転《ころ》がってしまった。

「あ、あ！　ご、ごめんなさ……！」

思わず出てしまった声、それは石蕗くんへの言葉だ。

返事はない。あるはずもない。この花壇の脇にしゃがみこんでいるのは、わたし一人だけなのだ。

「あはは」

笑おう、だっておかしいもの。一人でいるのに、ごめんなさいだなんて。

「変なの、わたし一人なのに笑っちゃって」

誰も隣にいない。それがこんなにも不安だったなんて、わたしは初めて知った。

でもそれは、誰にも言っちゃいけない。

ナコちゃんがわたしのそばを離れる時に見せた不安げな顔を、ノナちゃんが唇を固く結びながら自分を責《せ》めていた顔を思い出す。

「………ハル君」

地面に水が吸い込まれてゆく。

固くなっていた土が柔らかくなってゆく。

「わたし、泣かないって約束したよね。だから……泣かない」

スコップは思いのほか簡単に土の中へと入っていった。

わたしは思う。

心もこんなふうに、すぐに溶けて柔らかくなればいいのに、と。

「ハル君、わたし、約束守るから……」

ナコちゃんが戻って来た時心配をかけないように。ハル君がしてくれた約束を守れるように、大きく息を吸った。

うん、大丈夫。ちょっとだけ弱気になったけれど、もう大丈夫。

深呼吸をして数瞬後、土を踏む足音が後ろから聞こえてきた。

「ナコちゃん、おかえり！　スコップあった……の……」

「あ……その……今日は、もうやることない？」

石蕗くんだ。

振り返った先に立っていたのは、石蕗くんだった。


「石蕗く……ん」

「えっと、その……園芸部。来ようと、思って……」

ふわり、と柔らかな光が瞳の中に飛び込んでくる。一瞬目を伏せてから空を見上げると、重い雲間から少しだけ青空が見えていた。


「おかえりなさい、石蕗くん」

「う、うん。手伝えること、また教えて」

どうしてこんなに嬉しいんだろう？

石蕗くんが、戻ってきてくれた。そう、答えはそれだけだった。でもわたしの胸はいっぱいになって、今にも涙が出そうだった。

「——石蕗、戻ってきたんだね」

ナコちゃんも少し驚いて、それから微笑《ほほえ》んでいた。

もしも放課後、空が晴れたら石蕗くんは園芸部に来てくれる——。

小さな願い事をかなえてくれたのは、一体何だったのだろう？

どこか居心地《いごこち》悪そうに立っている石蕗くんを見つめて、わたしは喜びのため息をひとつ、こぼした。

◆

「ほんと、今日はよく晴れてるな」

この空を見上げたら、きっと誰だってそう言うに違いない。

空から地上へと視線をおとすと、前を歩く小さな背中が目に映《うつ》った。

俺が「ここ」にいるということが、まだ少しだけ信じられなかった。

ほんのちょっとした行動で、自分のまわりの全てが変わってしまう。

そんなこと、ないと思っていた。ここ数日の出来事を、自分の身で体験するまでは。


それはほんの数日前のことだ。

朝から重い雲が空を覆っていて、午後からは雨になるんじゃないだろうかと思わせる天気だった。

秋姫《あきひめ》は時々ぼんやりと窓の外を見上げていたけど、天気のことを気にしていたのだろうか。園芸部だから、やっぱりそういうのすごく気になるのだろうか。


——園芸部、行ってみようか。


心配そうに空を見上げていた秋姫の横顔を見て、その日俺は唐突《とうとつ》に思い立った。

そして、そんなちょっとした思い付きが、俺の時間を大きく変えることになったんだ。

園芸部へ戻るよ、と言ったその週末。

土曜の晴れた午後を、俺は寮の自分の部屋でも学校の中でもなく、思いがけない場所で過ごすことになってしまった。

「石蕗君、本当に申し訳ありません。重くはないですか？」

「大丈夫です」

隣を歩く松田《まつだ》さんが、俺のことを心配そうに眺めている。しかし心配なのは俺の方だった。いくら俺よりも体格がいいとはいえ、かなり大きな鞄を背負っている。おまけに両手にもバスケットを抱えていた。そのうち一つは俺が持ったけれど、心配しているのは俺だけじゃない。

ゆるい坂を先にゆく秋姫が、何度もこっちを振り返った。

「あのー、だ、大丈夫ですかー！」

「はいっ！　どうぞお気遣《きづか》いなくー!!　もうすぐ頂上ですねえ！」

坂の上で秋姫が、こくこくと頷いていた。

「はあ、はあ、冬だとはいえ、さすがに、汗をかきましたねえ、石蕗君」

「……本当に大丈夫ですか？」

「松田、このあたりで昼食はどうかしら？」

「は、はいいっお嬢様ぁ！」


やっと頂上についたのに、一息つく暇もなく松田さんはまた走り出した。

秋姫や八重野《やえの》、結城に松田さんという園芸部の顔ぶれ以外にも、青々とした芝生《しばふ》には家族づれが何組もいた。

街が一望できるこの場所は、展望台とプラネタリウムが併設《へいせつ》された大きな公園。

こんなによく晴れた日にはいろいろな人がここを訪れ、それぞれ楽しい時間を過ごしている。


「松田さん、そっち側はしっかり持ってますか？」

「はい、助かります八重野さん。いよっと！」

「端《はじ》っこをこの荷物で押さえればいいのね？　秋姫さんはそっちをお願いするわ」

「う、うんっ！　わかった！」

大きなクロスが芝生の上に広がる。

風に吹かれてしまわないうちに、秋姫や結城が四隅《よすみ》に荷物を置き、松田さんと八重野が早速《さっそく》バスケットの中身を広げ始めた。


「石蕗君～っ！　さあさあ、早く来てくださいよっ！」


……いけない、俺もいかなきゃ。

どんどん出来上がってゆく青空の下の食卓へと、俺は駆け寄った。


「美味しいですね、このお弁当も松田さんが作ったんですか？」

「は、はい。お褒《ほ》めいただき光栄です」

「うん、本当においしい……あ、すもも、口のところケチャップついてる」

「ひゃっ、ど、どこ!?」

「ふふ、ほらここ」

頬《ほお》を赤くして、秋姫がぶんぶんと顔をふっている。

そんな様子に、八重野も結城も思わず表情を崩していた。

クロスの上に置かれた大きなお弁当は、松田さんのお手製だという。見た目も豪華だったが、なによりその美味しさに、みんな自然と笑顔になってしまう。

ピクニックという言葉にぴったりの光景だ。ここにいていいのだろうか、なんて思っていた俺も、いつのまにか同じように笑っていた。


「あ、あの……石蕗くん」

「うん？」

「えっと、その——今日は来てくれてありがとう」

「ああ、うん、ていうか……お礼言われることじゃないよ」


そう答えるのは間違いだったのだろうか。

秋姫は少しだけとまどった顔をしたあと、ゆっくり頷いた。


ふらりと花壇に訪れた俺に「おかえりなさい」と小さく囁《ささや》いた秋姫。

少し驚いて、それから静かに微笑んだ八重野。

そしてどちらかというと、俺は避けられてたんじゃないかって気がしていた結城までも、無表情だった瞳に驚きを浮かべていた。


そして今日のこのピクニックは、なんというか、園芸部に戻ってきた俺のために……ということらしかった。

「石蕗君、その後お体の調子はいかがですか？」

松田さんがお茶を差し出しながら、心配そうに俺を覗き込んでくる。

「お嬢様も、秋姫さんたちもそれはそれは心配されておりました。今日はこうやって『石蕗君おかえりなさいの会』を無事開くことができて大変嬉しゅうございます」

「おかえりなさい……の会？　そんな名前だったのか」

「松田！　それはコードネーム！　本人に言っては意味がないでしょう!!」

「えっ？　も、申し訳ありませんっ!!」

松田さんはより一層申し訳なさそうに眉を落とし、結城はぷんと横を向いてしまう。それは園芸部でも廊下でも何度も見た光景だ。

八重野が小さく笑みを浮かべた。秋姫も、たえきれずにくすくすと笑い出してしまった。

俺は、そんなみんなを見ていることが不思議に心地よかった。

「石蕗、もしも何かわからないこととかあったなら、なんでも聞いてほしい」

「あ、ああ。でもなんだかいろいろしてもらって、ごめん。迷惑かけるかもしれないけど……」

「め、迷惑なんて、そんなことないよっ！」

「秋姫？」

「えっと……だって石蕗くんは……その、大事な……大事な仲間だから」

大事な——仲間、か。

恥ずかしげに小さくなっていく声は、風にかききえそうだ。

それでも俺にはちゃんと聞こえていた。

こういう時、どんな風に返事すれば一番いいのかわからない。だから俺はただ「ありがとう」と呟《つぶや》いた。

俺も、秋姫と同じくらい小さな声だった。

◆

美味しいお弁当を食べて、芝生の上で遊んで……そんな時間を過ごすのは、すごく久しぶりだった。

松田さんはどうやって持ってきたのか、バドミントンやボールまでいろいろな物を出してきた。最初はちょっと恥ずかしかったけれど、わたしもナコちゃんも、ノナちゃんも気づけば夢中で羽根を追いかけ、芝生の上を駆け回った。

石蕗くんはわたしたちから少し離れた場所にいた。

本当は一緒にもっと話したり遊んだりしたかったけれど、石蕗くんの顔もいつもより柔らかだったことが何より嬉しい。

そうやって過ごす時間は、やっぱりあっという間だ。

夕暮れが空を赤く染めたかと思うと、もう東の山の果てにはちらほらと星が見え始めていた。

「……今日は楽しかったですねえ、お嬢様！　あっ」

がちゃん、という音に視線をめぐらせると、松田さんが背中に担《かつ》いでいた大きな鞄からバドミントンのラケットが落ちていた。

「失礼いたしました」

松田さんが慌《あわ》てて地面へと手を伸ばした瞬間、今度はボールがころころと飛び出してしまった。

「あっあっ、うわわっ」

「松田さん、大丈夫ですか？」

「もう、だから車を出したほうがよくないかしらって言ったでしょっ！」

ボールを拾い上げたナコちゃんの横で、ノナちゃんが頰を膨《ふく》らませている。確かにノナちゃんがどこかへ出かける時は、いつも松田さんが運転する車で移動することが多い。どうしてなんだろう、とわたしもちょっとだけ気になっていた。

「は、はい。ですがお嬢様、やはりピクニックというのはお友達の皆さんとゆっくり行き帰りするのも醍醐味《だいごみ》だとこの松田、思うのです……わわっ」

「きゃっ」

熱く語る松田さんがこぶしを振り上げたところで、鞄の中身がまた派手にこぼれてしまった。

「もう！　松田っ!!」

「も、申し訳ありません……」

「ふふ、結城、こっちにも落ちてる」

あたふたとしている松田さんに駆け寄って、ナコちゃんはボールやラケットを拾い集め始めた。

「おもしろい人だな、松田さん」

「え？　う、うん」

石蕗くんが少しだけ笑っていた。

わたしも、ちょっとだけ松田さんには悪かったけど、一緒になって笑ってしまった。

そうやって何度かラケットやボール、たまにはバスケットを坂の上に落としながら、わたしたちは展望台からふもとまで降りてきた。

街の中へと戻ってくると、とたんに空気が変わる。もうほとんどの家で夕食の支度をしているのか、鼻先を柔らかな夕餉《ゆうげ》の香りがくすぐってゆく。

「なあ、秋姫」

「え……な、なに？」

隣を歩いていた石蕗くんがいきなりわたしの名前を呼んだ。

たったそれだけなのに、目の前がくるくると回るような感覚だった。

心臓の音が周りに聞こえないかと心配になった。

「あれ、見て。もう星があんな高い場所まで出てる」

「……ほんとだ」

石蕗くんが指差したのは、ちょうどわたしたちの真上にきている星のひとつ。

「やっぱりこの街、『世界で一番星に近い』って言われるだけあるな。あんなにきれいに見える」

「うん。きれいだね」

「石蕗くん、さっき行った展望台の隣にね、すごく大きなプラネタリウムがあるんだよ」

「プラネタリウム……」

「あ……でも石蕗くんは、やっぱりちゃんと本物のお星様見るほうが好きだよね。ここ、『世界で一番星に近い街』だから、本物もきれいに見えるかな」

「そうだな。ビルも少ないし、きっときれいに見えるよ」

「……わたしも見てみたいな」


できたら、石蕗くんと一緒に。

二人ならんで見たい。


「秋姫、あのさ」

「は、はい」

「また、来ようか」


石蕗くんは、わたしの隣を歩いている。

今にもとまりそうなほど高鳴《たかな》った鼓動《こどう》に、気づかれなかっただろうか。

今日は晴れるかな、と何度も問いかけていた毎日。

それはつい数日前だったのに。
あんなにも苦しかった思いと、叶《かな》うことはないだろう願い事は、ふいにわたしの手元へと戻ってきた。

変わらない毎日、それはいつまで続くの?
でも、今はそんなことは考えないでおこう。

少しだけ猫背で歩く石蕗くんの横顔を見ながら、わたしはそっとこころに鍵をかけた。

第三章「こころ」

それは不思議な夢だった。
どこなのか、いつなのか、何もわからない。
ただ秋姫《あきひめ》だけがいた。

……秋姫?

その夢は音のない世界だった。
そして、秋姫の目から突然ぽろぽろと涙が零《こぼ》れ落ちた。

……秋姫、なんで泣くんだ?
……何か、俺は悪いことしたかな。

小さな手で涙をぬぐった秋姫は、唇をそっと動かした。

『違うよ』

秋姫の声は聞こえない。俺の声も届いていないはず。
なんだか息が苦しい。誰かに胸元を何度も叩《たた》かれているようだ。

秋姫。

どうして俺の中で、そんなふうに笑う?
どうして俺は、その名前ばかりを思い出す?

「……ぶき…くん」

それは本当に、不思議な夢だった。

「石蕗《つわぶき》君、あの……起きてるですか?」

「——!!」

がくんと、どこかへ落ちてゆくような感覚に俺は思わず息を呑《の》んだ。

いつのまにか、俺は教室で眠っていたらしい。

目を開けると机の前に人影があった。その顔を見ても、一瞬誰なのかわからない。それは俺の記憶のせいでなく、彼女が三つ子のうちの一人だったからだ。

「麻宮《あさみや》……か。どうしたの？」

麻宮秋乃《あきの》は、三つ子のうちの、一番大人しい子だ。三人の中で一人だけ、俺と同じクラスだった。教室で話しかけられることなんてめったになかった。

「あの、ちょっとだけお時間ほしいです……トウアと私と……」

「あ、ああ。何？」

「えっと、ここじゃなくて、あの、こっちです」

「こっちって、お、おい」

どこに行くんだ？

そう聞こうとした時には、もう秋乃は廊下《ろうか》のほうへと歩き出していた。

そういえば……秋姫は……？

今日の最後の授業は選択教科だったせいで、教室はばらばらだ。

秋姫の姿を探したけれど、見当たらない。八重野《やえの》も結城《ゆうき》もいないから、もう園芸部の方に向かったのだろうか。

少し気にはなったけれど、俺は秋乃の後をついてゆくことにした。

＊

「トウア、ナツキ、石蕗君です」

「はいはーいっ、おかえりなさいアキノ」

廊下に出たとたん、高い声が耳から頭の中へと抜けてゆく。

とても秋乃とは同じ声とは思えないほど、ハイテンションなしゃべり方をするのは、三つ子のうちのもう一人の妹、冬亜《とうあ》だった。

その横には、無表情な夏樹《なつき》が座っている。決まりきったように寮のロビーで毎日見かける、麻宮たちの位置関係だ。

「ねえねえ、ハルたん！　あのねあのね、びっくりしないでねえ！」

「トウア。これを渡すだけなんだろう、あんまりはしゃぐなよ」

「ええええー、でもっでもでも、すごく大事な役割なんだもん」

小さな秋乃の両手に乗っているのは、やけに可愛い柄《がら》の紙袋。

夏樹が大きくため息をつく横で、俺を呼んだ張本人《ちょうほんにん》の秋乃がすっと手を差し出した。

俺はわけがわからず、ただ首を傾《かし》げるしかなかった。

「ほら、アキノもちゃんと説明しないと」

「あ、そ、そうだ……あの、石蕗君。これすももちゃんに渡してほしいです」

「俺が？　秋姫に？」

秋乃と冬亜が、ほぼ同時に頷《うなず》いた。

「これねー、すももたんが大事にしてたぬいぐるみちゃんみたいなの」

「秋姫が大事にしてたもの？」

「はい、白い羊さんのお人形です。でも最近すももちゃんがそれを持ってるところ、見ないから……」

冬亜は、それを見せたくてたまらないといった風に、紙袋からぬいぐるみを取り出した。てのひらに乗るような大きさの、白い羊。秋乃の話からすると、秋姫はそれをいつも持ち歩いていたという。

だけど俺には、まったく見覚えのないものだった。

「これはね、トウアたちが作ったのだから、本物じゃないの。すももたん、元気ないのは本物のをなくしちゃったからなのかな」

「秋姫、元気ないのか？」

「うーんと、トウアはそう思った！」

そんな風には到底《とうてい》見えなかった。

俺が園芸部に戻ったことを自分のことのように喜んで、ひとつひとつを丁寧《ていねい》に教えてくれる秋姫。その顔に、寂《さび》しいとか元気がないというイメージはない。

「でも、麻宮たちが自分の手で渡したほうがよくないか？　せっかく手作りしたんだし」

「だ、だめだよ！　ハルたんが渡してあげないと」

「どうして？」

「だって、ハルたんもすももたんの『大切』なんだもん」

「……大切？」


大切って、どういう意味なんだろう。

秋姫にとって大切なものって何なのだろう。

ふとそんなことを思い巡《めぐ》らせていると、夏樹が俺の顔を覗《のぞ》き込んできた。


「石蕗、園芸部……楽しいか？」

「え？」

「いや、最近戻ったんだろう？　園芸部。毎日そっちに顔出してるみたいだから」


楽しいよ、と答え返せなかった俺がいた。


俺が園芸部に戻ってから、もう何日もたっている。

すっかり何もかも忘れていた俺に、秋姫も八重野も根気《こんき》よくいろいろなことを教えてくれた。

——だけど。

クラスになじめばなじむほど、普通の毎日に戻れば戻るほど、俺の違和感《いわかん》が増していた。それが記憶を失うということなんだろうか。


「石蕗？　どうしたんだ？」

「なんでもない。これ、秋姫に渡せばいいんだよな」

「うん、ハルたんっ、お願いねえ～」

どこまでも明るい冬亜の声に、俺はただ無言で頷き返した。

＊

「——あっ」

「きゃっ！」

廊下の角から現れたのは、結城だった。

慌《あわ》ててどこかへ向かう途中だったのか、前をよく見てなかったらしい。

結城と俺は、勢いよくぶつかってしまった。

「ごめん、大丈夫？」

「え、ええ。ああ、驚いた……」

「あ、結城。腕のところ、ちょっと赤くなってる」

壁にこすれてしまったのか、結城の腕には、薄い赤色の帯ができている。

「ごめん、何か冷やさないと」

「い、いいわ。それほどたいしたことではありません」

「でも、一応行ったほうがいい」

ここからなら、保健室もそんなに遠くない。それにちょうどそっちは結城が走っていこうとした方向だ。

……あ、これ……どうしよう。

ポケットの奥で、麻宮たちに渡されたぬいぐるみの感触がする。

……今日の帰りか、また今度園芸部へ行った時でもいいかな。

毎日、会えるのだから急ぐこともないだろう。

俺は結城の隣に並び、保健室へと向かった。

*

「どうもありがとう」

手にまいた湿布《しっぷ》を見つめて、結城は早口にそう言った。

保健室には誰もいなかったので、結局それくらいの手当てしかできなかった。

「石蕗君はもう、園芸部には慣《な》れました？」

それは麻宮たちと同じ質問だった。

楽しいか、もう慣れたのか――何気《なにげ》ない質問だ。

なのに俺は、体の奥底で生まれた違和感にとらわれて、めまいのような感覚を覚えていた。

楽しい？

どうして園芸部に行くようになった？

それは……秋姫の寂しそうな横顔を見たせいだったのか？

その寂しさは、俺のせいだったらなんて、考えていなかったか？

「なあ、結城」

誰かに聞きたかった。

秋姫が本当に待っているものを、俺は知りたかったのだ。

「俺、どうして園芸部に入ったのか、わからないんだ……そんなに花に興味なんてなかったはずなのに」

「――それは」

結城は静かに立ち上がった。

まっすぐに注《そそ》がれる視線は、怒っているようにも悲しんでいるようにも見える。

「その答えは、きっと自身のこころの中にあると思います」

きっぱりと言い放った結城は、そのまま保健室の扉へと向かい出ていってしまった。

「結城？」

俺はその時知らなかった。

本当のこころが、誰かを深く傷つけてしまうことがあることを。

◆

指先に小さな切り傷を負《お》った。

痛くはなかったけれど、絆創膏《ばんそうこう》で傷口を保護してあげたほうがいいとナコちゃんが言った。わたしもそう思った。

保健室に行った。

ただ、それだけだったのに。

……そんなに花に興味なんてなかったはずなのに。

……俺、どうして園芸部に入ったのか、わからないんだ。

わたしは耳にしてしまった。

石蕗くんの、声だった。

胸の奥で、心臓が飛び出しそうなほど強く脈打っている。

どうしてわたしはそこに行ってしまったのだろう?

知らなければよかった。

たとえ本当のことが、事実がそうであったとしても、知らなければこんなに苦しくなることはなかったかもしれないのに。

目の前の何もかもが、色をなくしていった。

どこへ向かったのかも、何故《なぜ》そうしたのかも、わからない。

わたしはただ、その場から離れたくて、何も見ないままに闇雲《やみくも》に走り出した。

「待って！　待ってすもも！」

誰かが呼んでいる。

「すもも、危ない！　お願い、止まって！」

「……ナコ、ちゃん？」

流れていた景色がいきなり色をとりもどした。

わたしは一瞬、ここがどこなのかわからずに、呆然《ぼうぜん》と立ち尽くしてしまった。目の中に飛び込んできた光景を、頭の中で組み立てる。

ゆるい坂、見覚えのある塀《へい》や家並み。

わたしが夢中で駆けていた場所は、いつもの帰り道だった。

唯一いつもと違うものは、顔色を失ったナコちゃんがそこに立っていたことだった。

「すももっ」

「ナコちゃ――」

とても強い力だった。

ナコちゃんの細くて長い腕が、わたしをぎゅっと引き寄せた。

「すもも、いいのよ」

「ナコちゃん……？」

「私の前ではがまんしなくてもいい」

「だ、大丈夫だよ？　ナコちゃん」

「ううん」

「石蕗くん……また園芸部に来てくれるようになったし」

「すもも」

「だからわたし、無理なんてして……」

「すもも、いいのよ。私はすももが自分の気持ちを閉じ込めてる方が、苦しい」

だって、わたしは約束したのに。

もう泣かないって。石蕗くんが約束を守ってくれる日まで、笑顔で待っていようって。

「――ナコちゃん」

泣いてもいいの？

そんなことを聞かなくても、ナコちゃんはわたしを優しく包んでくれた。

「すもも。わたしの前では、ちゃんと泣いて」

「……うん」

「大丈夫、石蕗は戻ってくるよ」

「……うん、ナコちゃん」

どうして毎日は、続いていかないの？

どうして本当のことは、こころを深く傷つけるの？

行き場のない問いかけを、わたしは涙にまぜて流した。

とめどなく溢《あふ》れる涙がとまるまで、ナコちゃんはずっとわたしを抱きしめていてくれた。

＊

わたしは、不思議な夢を見ていた。

SEI + JOH
SINCE 1978

わたしの初めての恋を、誰にも聞かせたことのなかった思いを聞いてくれた、小さなわたしの半身。真っ白でふわふわの、不思議なぬいぐるみ。

涙が流れそうになるわたしの頰《ほお》を、柔らかな手でぬぐってくれようとしていた。

『大丈夫』

『大丈夫だよ、すもも』

……うん。

『約束は、忘れてない?』

……うん。

『良かった。じゃあ、またね』

……待って、ユキちゃん。まだお話を聞いてほしいの。

「さようならーっ！」

「あ、今日はグラウンドの方でやるみたいだよっ」

「うん、じゃあまた後で」


「…………？」


わたしはいつの間に眠っていたのだろう？

放課後をむかえた騒がしい教室の中、わたしはただ一人椅子《いす》に座っていた。


教室の中を、ぐるりと見回す。

石蕗くんはいない。


保健室の前で石蕗くんの「こころ」を聞いてしまってから数日。

授業の合間に、昼休みに、わたしは何度も石蕗くんの名前を口にしようとした。

けれど結局何度も飲み込んでは言い出せない。いろいろなことがすれ違ったまま、あの日から数度めの放課後を迎《むか》えてしまった。

……石蕗くん、ほんとはどう思ってるのかな。

聞きたくて、でも聞けない。

「すもも、ごめん」
「あ、ナコちゃん。どうしたの？」
「今日、早く帰らないといけないの。だから部活、どうしようか。結城もさっきから見当たらなくて。どうしたのだろう」
「ノナちゃんも何か用事あるのかも……じゃあ、わたしも少しだけ花壇《かだん》の様子を見るだけにして帰ろうかな」

ナコちゃんはすまなそうにごめんね、と小さく呟《つぶや》いた。

教室を出て、校門の方へと向かうナコちゃんを見送った後、わたしはゆっくりと花壇のある旧校舎に足を向ける。一人で歩くと、その距離は余計《よけい》に長く感じられた。

……大丈夫。だって今までだって何度も一人で花壇を見に行ったでしょ？

一人でも大丈夫。

そう自分に言い聞かせていたわたしを待っていたのは、静かな時間……ではなかった。

「――秋姫」

「……!!」

わたしの名前を呼んだ声は、石蕗くんだった。

一番会いたくて、でも会えない。

でも……会いたかった。

石蕗くんの顔を見たとたん、わたしのなかの相反《あいはん》する気持ちが、激しく波打った。

「また間あけてごめんな。秋姫、今日はひとりなんだ」

「う、うん」

「俺は何したらいいかな」

「あの、今日はみんないないから……少し花壇の様子見に来ただけなの」

「そっか、うん。わかった」

花壇の様子は変わりない。

この場所を美しい花々が彩《いろど》るのはもう少し先のことだ。

わたしも石蕗くんも、互いに言葉がでてこない。


「なあ、秋姫」

「え? ど、どうしたの?」

「確か、温室……あったよな。よかったら、見てみたい」

「……!!」

「だめ、かな」

「ううん、い、いいよ」


まだ茶色い土しか見当たらない花壇を抜けて、わたしと石蕗くんは温室の方へと歩みだした。

「こっち、だよ」

数歩ぶんの距離をおいて、わたしは先に温室の前へと出た。

鳥かごみたいな形をした、古い温室。

鉄枠《てつわく》でできた扉を開けると、温かな空気がすっと頬を撫《な》でる。寒さから守られた温室の中はまるで時間がとまった場所のようにさえ、感じる。

「そうなんだ」

「うん、そうなの。少し難しいお花も、ここで育ててるんだよ」

「中に入ると、結構広いんだな。それに、暖かい」

花のことを話していると、少しだけ平気になれる。

でも石蕗くんがわたしのほうを振り返るたびに、頭の中が真っ白になりそうだった。

「ハル君……」

特別な呼び名。大切な四つの音は、声に出してもすぐに消えてしまう。

忘れないで、思い出して。

わたしの好きという気持ちは、どこへしまえばいいの？

「秋姫、ここきれいだな」

「えっ？」

わたしは顔をあげた。

降り注ぐ光の雨。

夕陽の緋色《ひいろ》が、古いガラスを通して少しだけ柔らかくなって落ちてくる。

目を細めるような強い光じゃない。

それに包まれていたい、と思わせるあたたかい光だ。


「いつもこんな風に、光を反射するの？」

「うん。ここ……夕暮れの一瞬だけ、こんなふうにガラスが輝《かがや》くの」

「そっか。ほんとにきれいだ」


石蕗くんは光を飲み込むように、大きく深呼吸している。


「秋姫、あのな……渡したいものがあるんだ」

「渡したいもの？」

唐突《とうとつ》にそう言い出した石蕗くんは、ポケットの中に手をつっこむと何かを取り出した。
手のひらに乗るくらいのそれは、最初夕日の逆光で一体何なのかわからなかった。

「……これ」

「――!!」

石蕗くんの手のひらに乗っていたもの、それは「ユキちゃん」だった。
少し形はいびつだったけど、真っ白でふわふわしていて、まん丸の黒い目がわたしの方を見つめている。

「麻宮たちが、秋姫にって」

「……ユキ…ちゃ……」

涙を見せるのが嫌で、わたしはぱっと顔をおおってしまった。
そんなことをしたら、石蕗くんが驚くだろうってわかっていたけど、どうしても見られたくなかった。

「秋姫？　どうしたんだ？」

ごめんなさい。

「泣いてるのか?」

ごめんなさい、石蕗くんのせいじゃないの。

「……秋姫」

石蕗くんの声色が、変わった。

「ごめんな。秋姫」
「つわぶき……くん?」

石蕗くんはどう思ったのだろう。
わたしが顔をそむけてしまったことで、傷ついてしまったのだろうか。
一度だけわたしの方を見て、何かを囁《ささや》こうとして、でも結局できなくて——石蕗くんはくるりと、背を向けた。

「あっ……」

遠ざかってしまう。
石蕗くんが行ってしまう。
それでいいの？

「待って、石蕗くんっ！」

わたしは、ずっと留《とど》まっていた一歩を踏み出した。

「俺、自分がどうして園芸部に入ったのか、わからないんだ」

石蕗くんの大きな手は、摑《つか》むととても熱かった。

「でも秋姫や八重野たちが、毎日花に水をやったり土の様子をみたりしているところ……俺はすごいなって思う」

石蕗くんは振り返らないまま、言い続けた。

堰《せき》を切ったように流れ出る言葉たちは、石蕗くんの心の中にずっと閉じ込められてたものなのだろうか。

「だから、どうしてここにいるのかなんて考えてる俺が……秋姫たちと一緒にいていいんだろうかって思ったんだ」

「石蕗くん――」

石蕗くんの歩みが止まる。その時何かがぱさり、と地面に落ちた。

視線を落とした先にあるのは、カバーのかけられた文庫本だった。

「なんで思い出せないいんだろう」

見覚えのある茶色のカバー。

わたしがそれを拾い上げるのは、二度目だった。

ぱらりと開いたページには、花の名前が載《の》っている。その次のページも、次の次のページも皆、花や植物の解説が書かれていた。

……石蕗くん。

……花の名前を、植物のことを覚えようとしていたの？

「さっき、あれを渡した時に秋姫が泣きそうになるなんて思わなかったんだ。喜んでくれるかなって思ってた。秋姫が喜んで笑ってくれたら……俺は思い出せるかもしれない、って思ってたんだ」

自信なさげで、怖がりで、いつも迷っていて——まるでわたしを映《うつ》す鏡みたい。

石蕗くんも、同じだったんだ。

「でも……ひとつだけ、思い出したんだ」

石蕗くんは、言った。

「俺、何かを約束していたよな？　すごく大切なことだよな？」

うん。わたしをこんなにも弱く、そして強くしてくれた約束。

「けど、どんな約束だったか、どうしても思い出せないんだ……ごめんな」

大丈夫、わたしは覚えてる。

「秋姫、ごめん。本当にごめんな」

石蕗くんが、行ってしまう。

だって、好きという気持ちはこんなにも強いのに、言葉にしないと瞬《また》く間に消えてしまう。

伝えたいよ、石蕗くん。

ごめんなさい。

約束してくれたのに、わたしは、この気持ちを言葉にしてしまいます。

「石蕗くん、わたし」

「わたし……大好きです」

「あなたのことが大好きです」

第四章「消せないもの」

Can it be true?

一人きりでも振り返らない?

*

言ってしまった。
わたしは、心を言葉にしてしまった。

ハル君。
もうずっとその呼び方を口にしていない
もしかしたら……もう二度と、そう呼べないかもしれない。

「そんなこと……ない、だって……」

息があがる。温室はもう見えない。

わたしはどこへ向かって走っているのだろう。わたしは何から逃げてしまったのだろう。

「だって……約束したから……」

頰《ほお》に何かが触《ふ》れた気がした。

立ち止まると、足ががくんとふらついて今にもこけそうになる。地面へと傾《かたむ》きそうになった体を支えて、わたしは息を整《ととの》えた。

「あ……」

乾《かわ》いた地面に、ぽたぽたと小さな雫《しずく》が落ちている。

雨じゃない。地面も、空もわたしの背中も、見事な夕焼けに包まれている。

雫はこぼれて落ちた涙だった。わたしはいつのまにか、泣いていたのだ。

「……ハル…君」

どうして言ってしまったの？
どうしてもっと待てなかったの？

わたしの想いを告げること。
それはハル君——石蕗《つわぶき》くんの記憶を混乱させてしまうようなことだ。石蕗くんを苦しめてしまうことを、どうしてわたしはしてしまったの？

「ごめんね……石蕗くん」

顔をあげると、涙が再び頬を流れていった。まだ温かい雫をぬぐうと、強い風がわたしのそばを駆け抜けてゆく。
ぴしゃりと頬を叩《たた》かれたような感覚に、わたしは石蕗くんのもとから駆け出してしまったことを思い出した。

突然想いを告げられた石蕗くんを置いて、わたしは逃げた。

「石蕗くん……」

またあの日みたいに倒れてしまっていたらどうしよう。
もう二度と園芸部に来てくれなかったらどうしよう
会いたい。顔を見たい。そばにいたい。でも顔を見たらわたしはきっと、こころを止められなくなってしまう。

携帯電話のボタンをゆっくりと押してゆく。
こんなに小さな機械のなかに、わたしの大事な想いは宿《やど》っていた。
石蕗くんからもらった、たくさんのメール。いつだってたった数行の返事だった。それでも消せない——もの。

ピピピとボタンを押す音のひとつひとつが、溢《あふ》れそうな想いを崩《くず》してゆく。

『石蕗くんへ
石蕗くん、無理しないでください。
園芸部のことも、みんなのことも、ゆっくりゆっくり思い出して

石蕗くんが苦しいのを見るのは、わたしもすごく悲しいから
だからゆっくり、ひとつずつ思い出してください。』

指先が震《ふる》えた。
約束を……石蕗くんがわたしにしてくれた約束。
必ずまた、好きになるから。
それを待てなかったわたしには、どんな罰《ばっ》が下るのだろう？

わたしのこころを映《うつ》しているように、さっと視界が暗くなった。

「え……？　この場所……は」

葉をつけない大ぶりな枝が、風に揺《ゆ》らされ左右に大きくしなっている。何本もそんな木が並んでいるこの場所を、わたしは知っている。
春になったらとてもきれいな桜が、トンネルのように咲きほこる場所、そして、わたしが初めて石蕗くんと出会った場所だ。

一年前の春、入学式。

わたしも石蕗くんも、同じ日に初めて星城学園《せいじょうがくえん》の門をくぐった。

同じ日、同じ時間、同じ場所――。

でも、桜ばかりのこの場所には、誰もいなかった。

道に迷って泣いていたわたしと、見事な桜に目を奪《うば》われてやってきた石蕗くん以外には。


どうしよう……ここ、どこなの？

――誰だろ、誰か迷子になってる？

ナコちゃん、どこ……？

――ああ、やっぱりそうだ。俺と同じ、まだ新しい制服。

――桜を見に来て、迷ったのかな。

戻れないよ…お父さん…お母さん……。

――もうすぐ式が始まってしまうぞ。

………だれ？

大きな手だった。泣いていたわたしの手を引っ張ってくれた、背の高い人。
薄紅《うすべに》の花弁《かべん》が、肩へ髪へと落ちてくる。
石蕗くんは何も言わずに、ただわたしの手を強く握《にぎ》り続けていた。
そして、その横顔をわたしは忘れられなかった。

初めて人を好きだと感じた瞬間だった。

「石蕗く……ん……ハルく…ん」

「初恋って、実らないのかな……？」

書き上がっていたメール、送らないと。
携帯のボタンは、笑えてしまうほどに軽い感触だった。

『送信が完了しました』

そして短い電子音が、空気の中へと溶け込んでいった。

◆

突然鳴り響いたその音は、俺のポケットからだった。

ずっと鳴らなかった着信音。

俺はそれが自分の携帯から鳴っていることにすら、しばらく気づかなかった。

「――秋姫《あきひめ》!」

携帯のディスプレイに表示された名前は『秋姫すもも』だった。

『石蕗くんへ

石蕗くん、無理しないでください。

園芸部のことも、みんなのことも、ゆっくりゆっくり思い出して

石蕗くんが苦しいのを見るのは、わたしもすごく悲しいから
だからゆっくり、ひとつずつ思い出してください。』
ぼんやりと光るディスプレイの中の文字。
ただの味気ない文字だけなのに、涙が出そうだった。
隣に秋姫がいて、すぐそこで話しかけているように思えた。
「秋姫!!」
ドーム状のガラスの天井に、俺の声だけが響いている。
「秋姫？　もう帰ったのか？　なあ」
……いない、のか？
そうだ。メールの返事、まだ近くにいるかもしれない。
俺はすぐに返信ボタンを押して、返事を打った。

短い文章を打つだけなのに、指先がもたついてうまくいかない。
何度も何度も、書いたり消したりの繰《く》り返しだ。

「え？」

その時だった。

『すもも』

確かにその文字が、ディスプレイに浮かんだ。

『すもも』

それは携帯の機能のひとつだった。
よく使う語句が、すべての文章を打つ前に候補としてあがるのだ。
行を押したときに、まっさきに出るのが、その語句《ごく》だった。

『すもも』

「なんでだ、まさか、これ――」

何度押してもその名が浮かぶ。

何度も何度も浮かんでくるその名を見ながら、俺は思った。

俺は秋姫のことを、すももって呼んでいた。

名前で呼ぶほどに、親しくしていた。

すももって名前がすぐに変換されてしまうくらいに、何度もメールを交《か》わしてた。

でも……なんでメールがひとつも残ってないんだ？

受信しているメールはわずか一件……ついさっき送られてきたものだけだ。

『石蕗くんが苦しいのを見るのは、わたしもすごく悲しいから

だからゆっくり、ひとつずつ思い出してください。』

「……すもも」

その名前を口にしたとたん、頭の中にふとあの姿が浮かんだ。

夕日を全身にあびて、頼りなく立つ小さな影。

それは懐《なつ》かしく、したわしく、俺の心を強く強くひきつける。

……俺は大事なひとを、秋姫のことをどれほど傷つけていた？

抜け落ちた半年間の記憶が何だったのか、まだ思い出せない。

すももだけが、暗闇の中の小さな光のように、ぽっかりとあいた俺の記憶のなかにある。

好きだったんだ。

その事実だけは、わかった。

でもそれはなくした記憶を思い出したんじゃなく、心がそう言ったからだ。

消えてしまった半年間の俺は、秋姫をどうやって好きになって、どんな風に触れ合っていたんだろう？

俺が思っている以上に、秋姫は悲しんだろう。

俺がなにもかも忘れてしまったことで――。

「ごめん、俺のせいで」

誰もいない温室のなかで、俺は呟《つぶや》いた。

記憶をなくすということが、これほどまでに重く伸《の》し掛《か》かってくるなんて思ってもいなかった。

友達の名前も覚えている。時々襲ってくる違和感《いわかん》さえ我慢すれば、不自由はそれほど多くなかった。

でもそれは間違いだった。

「秋姫……すもも……」

俺が目を覚ました時、大丈夫、と声をかけてくれた眼差《まなざ》しを今でも覚えている。不安と優しさがいりまじった、今にも泣きそうな瞳だった。

あの時から、ずっと気になっていた。息がつまりそうになる感覚。

俺は秋姫のこと、好きになってたんだ。

でもそれは。

それは秋姫が好きになってくれた、俺なのか？

好きですと言ってくれた言葉を、今の俺が受け取っても……変わってしまった俺が受け取っても、いいのだろうか？

「答えを知りたい？」

「——えっ？」

◆

「——秋姫さん」

「きゃっ!?」

突然体が浮き上がるような感覚に、わたしは思わず声をあげてしまった。

地面にしゃがみこんでいたわたしの腕を摑《つか》んでいたのは、ノナちゃんだった。一度帰った後なのだろうか、ワンピース姿のノナちゃんは、きゅっと唇をかみしめている。

「ノ、ノナ……ちゃん」

「泣いていたのね」

わたしは顔をそらした。

違う、なんて言えない。でも見られたくなかった。

「秋姫さんにずっと言いたかったことがあったの」

「……え？」

「でもここでは言えないわ」

「な、なに？　ノナちゃん!?　どこ行くの？」

細い指先からは考えられないほど強い力が、わたしの手を摑んで離さない。

ただ戸惑《とまど》うばかりのわたしを連れて、ノナちゃんは駆け出した。

風景が流れてゆく。並木を抜けて、旧校舎の前を抜けて——記憶を逆回しにするように、わたしは逃げ出してしまった温室へと戻ってくることになった。

「ノナちゃ……」

止めようとして声を出しても、掠《かす》れるばかり。

それに、たとえ大声で叫んだとしてもこの手を離してはくれないだろう。いつも冷静で感情をあらわにすることのなかったノナちゃんの手がこんなにも熱かったことなんてない。

「答えを知りたい？」

温室の中で、張りのある声が響く。

りんとしたその声に、ゆっくりと振り返ったのは石蕗くんだった。

……まだいてくれたんだ。

「――えっ？」

緋色《ひいろ》の光の中で、石蕗くんはほんの少し猫背になって立っている。

「秋姫！」

ノナちゃんの後ろで立ち尽くしていたわたしへと、石蕗くんの視線が突き刺さる。

慌《あわ》てて俯《うつむ》いたけれど、今にも泣きそうなこんな顔に気づかれてしまっただろうか。

みしり、と胸の奥がきしんだ。


「ねえ、どうしてそんなふうに迷うの？」


ノナちゃん？

そう問いかけようとしたわたしの手を、ノナちゃんが強く握りしめた。

「えっ？　何が…何なんだよ」

「石蕗君、よく聞いて。どうしてそんなに戸惑うの？　好きって気持ちがあるのに、どうしてそんなに迷うの？」

顔をあげることができなかった。

それはわたしへの言葉でもあったはずだ。いつか、という約束を信じて、好きという気持ちを閉じ込めてしまったわたしの心に、ノナちゃんの声は深く染み渡る。

「これを見て」

「な、なんだ?」

ノナちゃんが差し出したものは小さなガラス瓶《びん》だった。夕日の色を映してきらきら輝いている。

石蕗くんはひどく不思議そうな顔でそのガラス瓶を見つめていた。


わたしは、それが何なのか知っている。

何の為のものなのかはわからなかったけれど——星のしずくからできた薬。

それを目にするのは二度目だった。


「これは、素直になれる薬。石蕗君、まっすぐな気持ちで秋姫さんのことを好きになってあげて。本当はもう気づいているでしょう?」

「そ、それは——」


目の前に差し出されたガラス瓶を、石蕗くんはまじまじと見つめていた。


「受け取れない」

「どうして? 私のいうことが信じられない? 私はただ——」

「違う、そんなんじゃなくて！」

石蕗くんの声が、温室の天井に反響《はんきょう》する。いつもはそんなに大きくない、低い声が、わたしとノナちゃんの頭上へと降り注《そそ》いでくる。

「俺、わからないんだ。秋姫が好きだといってくれた俺のことが」

石蕗くんの眼差しが、眼鏡の奥で揺れていた。

「秋姫が好きになってくれた俺は、今の俺とは違うかもしれない。秋姫が望んでいるものが、今の俺なのかわからないんだ」

「石蕗く……」

「だからそれは、受け取れない」

ノナちゃんの差し出すガラス瓶を、石蕗くんは受け取らなかった。

「……嘘《うそ》みたいな気持ちで秋姫のこと好きになるなんてできない」

「嘘じゃないわ」

はっと石蕗くんは顔をあげた。

わたしもやっと、石蕗くんの方を見ることができた。半身を緋色に染めた石蕗くんは、唇を固く結んでいる。それは半年前の教室で時々見ていた顔。

誰とも話したくない、近寄らないでくれと言っているようでいて、本当は困っていた時に石蕗くんがする表情だ。

「今の俺を秋姫が好きといってくれるか……わからないんだ。今の俺が秋姫を好きになるなんて、自分勝手じゃないかって……怖いんだ」

石蕗くん。石蕗くんも不安だったの？

わたしのことを好きになってくれていたの？　わたしと同じように、好きという気持ちを閉じ込めて迷っていたの？

「ほんとに、仕方のない人たちね」

ノナちゃんの手が、わたしからすっと離れていった。

突然消えたぬくもりに驚く間もない。ノナちゃんは手にしていたガラス瓶を高く高く空中へと放りあげた。

「えっ？」

「結城《ゆうき》……？」

「スピリオ・シャルルズウェイン」

「――ノナちゃん！」

石蕗くんもわたしも、あっと息を呑《の》んだ。

ノナちゃんは『言葉』を使った。姿を変える、秘密の言葉。決して人前では使ってはいけないはずなのに……。

「な、なんだ!?　どういうこと……なんだ？」

瞬《まばた》きをした時にはもう、ノナちゃんの姿は変わっていた。

輝く髪、長いマント……それはノナちゃんのもう一つの姿だ。

プリマ・アスパラス。

それは、わたしたちの世界の裏側で、鏡のように対となっている世界での姿。ノナちゃんの生まれ育った場所で、本当はわたしたちとは混ざり合ってはいけない世界。

「ノナちゃん、どうして⁉」

思わずそう叫んでしまったわたしを、石蕗くんが驚いた顔で覗《のぞ》き込んでくる。

「秋姫？　秋姫は……何か知ってるのか？」

答えられなかった。

それは、今石蕗くんが悩んでいるものすべてにつながっていて、そして秘密にしなければならないことだったから。

「…………」

「秋姫、教えてほしいんだ。もしかして、俺が記憶をなくしたこと、何か関係あるのか？　秋姫がいつも苦しそうな顔してたのは、そのせいなのか？」

「つ、石蕗くん！」

石蕗くん、気づいてたんだ……。

わたしの弱さに、わたしが我慢しきれなかった想いに……。

——かしゃん。

緊張の糸を切ったのは、小さなガラスの音だった。

「いくわよ」

ノナちゃん——プリマ・アスパラスの手に、ガラス瓶が落ちてくる。中身は空っぽになっていた。星のしずくから作る薬は大事なもののはずなのに、空中でこぼれて消えてなくなったのだろうか。

「実はね、素直になる薬なんて私には作れなかったの」

「えっ？」

「これはただの水。でも石蕗君が信じたら、そんな風に効くかしらって思ったの、でも必要なかったわね」

「ノナちゃ……」

「石蕗君は、やっぱり石蕗君だったわ。秋姫さんが好きになった、そのままのね」

「きゃっ」


ぱん、と何かが弾《はじ》けた音がした。

わたしも石蕗くんも音のした方を見上げた。


温室のガラスを通り越して、きらきらと輝くものが降り注いでくる。

花火のような輝きと、雪のような優《ゆう》雅《が》さ。

そうやって降り注いできたものは、ななつの色の光の球だった。


星のしずくだ。

ななつの星のしずくが、降り注いできている。


言葉もなく音もなく、ただ静かに、星のしずくたちはプリマ・アスパラスの手元へと零《こぼ》れ落ちてくる。

「ウィデオ！」

「――え!!」

「石蕗くんっ！」

しずくを手にしたプリマ・アスパラスの声が、静寂《せいじゃく》を切り裂《さ》く。

そして、すとん、と何かが石蕗くんの手の中に落ちてきた。

真っ赤な一冊の本。

忘れるはずもない。それはわたしだけの本。特別な女の子として選ばれた時、ユキちゃんとともにやってきた不思議な本だった。

わたしを取り巻くすべてのものが、大きく動き回り始めたきっかけとなったもの。

それが、石蕗くんの手の中にある。

「石蕗……くん？」

赤い本を手にしたまま、石蕗くんの動きはぴたりと止まっている。

伏し目がちに無言で立ち尽くしていて、わたしの声も聞こえていないようだ。

「大丈夫よ、心配しないで」

「で、でも」

「私を信じて」

その声は、プリマ・アスパラスとしてなのか、ノナちゃんとしてなのかはわからなかった。ふたつが混ざっていたようにも聞こえた。

ノナちゃん、どうして？

わたしの声は届かなかった。

強さと、弱さが混ざり合ったノナちゃんの言葉に答える前に、わたしと石蕗くんは眩《まぶし》い光に包まれたのだ。

第五章「星のしずく」

一人で俯《うつむ》かない
夢見る私になれるかな
どうか明日へと踏《ふ》み出せますように
どんな願い事も叶《かな》うよ信じて

大丈夫目を閉じて

*

真っ白になった視界に、ゆらゆらと影が浮かぶ。
わたしは目を細めて、誰、と問いかけた。

「見て、ユキちゃん採《と》れたよっ！」

「うんっ！　良かったな、すもも‼」

……えっ？

……これって、どういうこと？

目の前にわたしがいる。

桜色のワンピースを着て、長い杖《つえ》をかざしているわたし。空から落ちてきた、輝く「星のしずく」を採った瞬間だった。

そしてその「わたし」の傍《そば》にいるのは、ユキちゃん。白くて小さな、羊の形をしたぬいぐるみで、不思議なわたしの半身。

でもどうして？

わたしは夢を見ている？

瞬《まばた》きをすると、まるでテレビのチャンネルのように目の前の光景が切り替わった。

「アイツ、一体何者なんだ？」

……どういうこと？

今度は石蕗《つわぶき》くんが現れた。場所は学校の廊下《ろうか》だ。夕暮れの陽光《ようこう》が窓を緋色《ひいろ》に染めている。そんな光景のなか、石蕗くんは不思議そうな顔でわたしのいる方を見つめていた。

〈石蕗くんっ！〉

大声で叫んでみたけれど、石蕗くんはぴくりとも動かなかった。わたしの声が聞こえていない。それどころか、わたしの姿も見えていない。

「今日はほんとにいろんなことがあるな……」

石蕗くんは小首を傾《かし》げて、持っていたジュースの缶のプルタブに指をかける。ひどく喉《のど》が渇《かわ》いていたのか、いっきにジュースを飲み干《ほ》していた。

「な、なんだ？　う、うわあああ!!」

〈え？　なに？　どうしたの石蕗くんっ!!〉

悲鳴に顔をあげた瞬間、わたしの視界に真っ暗な幕が下りてきた。

〈石蕗くん！　どこ？　何があったの？〉

「まったく、星の巡《めぐ》りというものが、これほどにも不思議だとはね」

〈えっ？〉

振り向くと、如月《きさらぎ》先生が立っていた。

ここはさっきまで石蕗くんが立っていた廊下じゃない。如月先生の部屋だ。如月先生はわたしのすぐ目の前に立っているというのに、どこか違う場所を見ていた。

「石蕗君、君、フィグラーレのものを口にしたようだね」

〈如月先生っ！〉

如月先生の手がすっと伸びる。

その手はわたしにぶつかることはなく、わたしの体を通り抜けて机の上にあったなにかを取り上げた。

〈あれは……ユキちゃん！〉

「……い、一体、俺……どうなってるんですか？」

その姿を忘れるわけがない。わたしはやっと今自分が見ているものの意味を知った。これは全ての始まり、石蕗くんが「ユキちゃん」に変わってしまった時の光景だ。

「このままじゃ、日が沈むとともに君は羊のぬいぐるみになってしまうよ、石蕗君」
「そ、そんな!!」
「元に戻る方法はただひとつ。この街に降ってくる『星のしずく』をなつ集めることだね」
「ほ、星のしずく？　一体何ですかそれ!!」

ユキちゃんは驚きを隠せない様子で、机の上にちょこんと座り込んでいた。懐《なつ》かしいその仕草《しぐさ》に、わたしは思わず笑いそうになり……それから少し悲しくなった。もう、それは二度と見ることのできないものだったから。

「星のしずくはね、流れ星とともに落ちてくるものなんだ。それをすくいあげて、ななつ集めて持ってきなさい。そうしたら、君を元の姿に戻す薬を作ってあげよう」

「でも、そんなのどうやって集めるんですか？　こんな姿じゃ何もできません」

「しずくをすくうのは君じゃない、選ばれし特別な女の子！　ほら、これ……きれいでしょ？　この指輪が、その子のもとへと導《みちび》いてくれるから」

如月先生が手にしているのは、赤い石のついた指輪だ。わたしは自分の指先を一瞬まさぐってしまった。ほんの一月前までは、わたしはあの指輪と時間を共にしていた。あの指輪がわたしを選び、ユキちゃんと巡り合わせてくれて……わたしの恋を動かすきっかけを作ってくれた。

「そうそう、こっちの本は君にあげよう。きっと君を導いてくれるから」

「なんですか？　なんだか古い本だな……」

「君と、この指輪に選ばれた女の子のための本、だよ。さあ準備をしようか」

「準備……？」

如月先生が、ユキちゃんと指輪を本の上に乗せた。

不安げにあたりを見回しているユキちゃんに、わたしはそっと呟《つぶや》いてあげたかった。

〈ユキちゃん、大丈夫だよ。ユキちゃんはこうやってわたしのところへ、来たんだね〉

「うん。ああそうだ、ひとつだけ注意することを忘れていたよ」

「注意すること?」

「石蕗君。もしも君の正体が石蕗正晴《まさはる》だとばれてしまったら、大事なものを失うことになるかもしれない。だから、注意するんだよ?」

『大事なものを失うことになるかもしれない』

耳の奥で、金属が触《ふ》れ合うような音がした。

めまいを起こしそうな、冷たい音。

〈大事なものを、失う……ユキちゃん、ううん石蕗くん……〉

〈石蕗くんは、初めから知っていたんだね?〉

ザザザ――。

〈きゃあ！〉

如月先生の姿も、ユキちゃんの姿もかききえた。
虚像《きょぞう》のわたしは、また時間を飛んだらしい。目を開けると、あの日の光景――石蕗くんが、記憶を失うこととなった時間のなかへ、わたしは放り出されていた。

「今までずっと自分には何でもできる力があると思っていたの。努力して頑張って実力をつける。そんなの当たり前の事だと思っていた」

誰もいない、真昼の校庭。
そこに立つ人影はノナちゃんではなく、プリマ・アスパラス。
わたしたちの住む世界と対となってあるという、フィグラーレの住人だ。
そのなかでも、杖を扱う最も優秀な生徒として選ばれた、ノナちゃん。

「だから、努力とか頑張るっていう言葉は好きじゃなかった。アタシにとってそれは当たり前の事だから」

〈ノナちゃん、そんな悲しい顔をしないで〉

「でも、違っていたみたい。貴女《あなた》はアタシにできない事を、何の努力もせずあっさりとやってのけた」

〈わたしが不思議な力を使えたのは、ただ助けたくて、ユキちゃんをなんとかしてあげたくて、だったんだよ〉

「これが恵まれた才能かと、アタシは愕然《がくぜん》とした」

〈ノナちゃん〉

「だから、好きでもない努力とか頑張るっていう事を、初めて意識してやってみたのよ、もっともっと、もっと何でもできるように!!」

〈ノナちゃん、まって!〉

わたしの声は届かない。

プリマ・アスパラスの前に立つ、あの日の「わたし」も何もできなかった。

やっぱり運命は変えられない。プリマ・アスパラスの力は暴走して、わたしたちは二人とも、激しい砂嵐の中へと飲み込まれた。

〈ああ、やっぱり、繰《く》り返してしまう〉

もしも、運命を変えられたら。わたしはそう思っていた。

砂嵐に飲み込まれた「わたし」と「プリマ・アスパラス」。なすすべもなく立ち尽くすわたしの隣を、誰かが駆け抜けていく。

「待っててくれ！　今、そっち行くからなー!!」

飛び散る砂粒《すなつぶ》に顔を打たれても、歩みを止めようとはしない。

石蕗くんは、砂嵐の中へと飛び込んでいった。

あの、赤い本を手に持ったまま。

そして、「わたし」は気づいてしまうだろう。

ユキちゃんが、本当は石蕗くんだったということに。

「ハル君が…ユキちゃんだったの？」

「………」

その光景を目にするのは、二度目だった。

「わたし」を抱きしめてくれた石蕗くんが、小さな羊のぬいぐるみになってしまう。

助ける方法はたったひとつだった。

そう、たったひとつ。

ななつの星のしずくで作ったお薬。

でも、約束を守らなかった石蕗くんには、ひとつだけ罰《ばつ》があった。

大事なものを、失う。

ななつの星のしずくがそろった日、わたしは小さなぬいぐるみになったユキちゃんを、如月先生のもとへと差し出した。

石蕗くん、あの日元の体に戻った最後の一日を、一緒に過ごしたね。

たった数時間だけだったけど、帰り道をふたりで歩いたよね。

そしてその日の終わり、いつものように眠りについて、石蕗くんは大事なものを失った。

わたしのために破った約束で、石蕗くんは記憶を失った。

約束だけを残して。

＊

「石蕗く……ん？」

「…………」

目を開けると、すべてが元の温室へと戻ってきていた。

夕暮れの温室、そして隣には石蕗くんが呆然《ぼうぜん》とした顔で立っている。

走馬灯のようにわたしの目の前に現れては消えていった光景は、石蕗くんの記憶なのではないだろうか？

「石蕗くん、あの、い、今わたしが見えてたもの、石蕗くんも――」

「秋姫《あきひめ》さん」

石蕗くんの返事はなかった。代わりにわたしの耳に響いたのは、ノナちゃんの声だった。

「そうなの、今秋姫さんが見ていたものは、石蕗君も見ていたわ」

「えっ？　じゃ、じゃあ記憶……戻ったの？　でもそんなことって」

「戻ってないわ」

「――え？」

「記憶を取り戻したというよりも、今までの出来事を見ていたといった方が近いわ。そうね、自分が知らない間に撮影されていた映画を見ているような感じかしら？」

ノナちゃんが一歩前へと出て、石蕗くんの正面に立った。

なのに、石蕗くんは一言も声を出さない。不思議な光景だ。そっと顔を覗《のぞ》き込んでみると、石蕗くんのまぶたがゆっくりと閉ざされてゆく。

立ったままだったのに、まるでまどろんでいるような表情だった。

「石蕗くん、どうしちゃったの？」

「大丈夫よ、秋姫さ……いいえ、プリマ・プラム」

「――ノナちゃん」

「向こうの世界の力はね、全部『言葉』に宿《やど》るの。それは知っているでしょう？」

プリマ・アスパラス、そう呼んだほうがいいのだろう。

わたしの前に立つのはノナちゃんだ。

でも今、目の前に立つ人はりんとした表情で、輝く美しい色の髪をなびかせて、わたしたちの住む世界にはない「力」を使おうとしていた。

「だからこれは、一番強い言葉の力」

プリマ・アスパラスは、石蕗くんの持つ本の表紙を指先ですっと撫《な》でた。

「持ち主の記憶を言葉にする、強い強い……最後の言葉なの」

「さい……ご？」

「すもも！」

ノナちゃんの手がふいに伸びてきた。
細い腕は一瞬とまどい、わたしを抱きしめた。
いつも背筋をまっすぐに伸ばした、自信に満ち溢《あふ》れた姿はない。震《ふる》える肩も声もみんな、わたしと同じような弱さを持っていた。

「すももには、泣いてほしくないの」

わたしはこの時に、初めて知った。
大事な友達が持っている、本当の心を。自信の裏側にある、戸惑《とまど》いや迷いや弱さを。

「あなたはこの世界で見つけた、最初の友達だから」

最後の言葉。
それはどういう意味なの?
冷たい氷が這《は》うように、わたしの胸の中で何かが騒いだ。

「クオド・エラト・ディモンストラ!」

ノナちゃん！

名前を呼ぶよりも早く、光がわたしの体を、石蕗くんの体を包み込む。

風もないのに、赤い本の表紙がめくれあがった。

一枚、また一枚とめくれてゆく真っ白なページ。光はそこから発せられていた。

暖かい、それから懐かしいような光。

息を呑《の》んだ瞬間、ノナちゃんの言うとおり「言葉」がわたしの中へと流れ込んできた。

◆

すもも。

俺もすももみたいに毎日日記を書いていたら、もうちょっとうまく語れたかな。

きっとわかりにくいものになるだろうけど、思いうかぶことは全部言葉にするよ。

あの薬を飲んだのは、ついさっきのことなんだ。

最後の日、俺とすももの二人で如月先生のところでもらった、すべてを元に戻す薬のことだよ。

驚くほどあっけない。まだ何も起こってない。すももを家に送っていったあと、俺は自分で歩いて寮まで帰った。すももの不安げな顔を、俺はもっと明るくしてやりたかったけど、できなかった。ごめんな。

大切なものを失うって、記憶のことだったんだよな。


もしも、あの杖に選ばれたのがすももじゃなかったら。そしたらきっと、俺たちは付き合ってなかったかな。その方が良かったのかななんて言うと、きっとすももは怒るだろう?


五月のあの日、松田《まつだ》さんと取り違えてしまった缶の中身を飲んでしまったこと。

それは俺たちの住む世界とは違う、「向こう側」のものだったこと。

そのせいで俺は、小さなぬいぐるみになってしまったこと。

……よかった、まだ憶《おぼ》えてる。


如月先生のことは、本当に驚いた。

それまではただ、先生というだけの人だったけれど……俺とすももの距離が変わったように、如月先生との関係も変わった。

あの人も向こうの世界……なんだっけ？　そうだ「フィグラーレ」だ。フィグラーレの人だったなんてね。きっと普段だったら夢でも見ているって思っていただろうけど、もうその時には何かが始まっていたんだ。


日が沈んだら、あの白い羊のぬいぐるみになってしまう俺。元に戻る方法はたったひとつだけ。そのたったひとつが、すももにつながっていた。

特別な、選ばれた女の子だけが元に戻る方法の鍵だと聞いていたから、俺はすごく不安だった。

すももだけじゃなく、女の子ってものがすごく苦手だったからだよ。

そんな風にしてすももとの距離が近くなったのは、やっぱり運命というものなんだろうか。元に戻る方法……この街に降ってくる「星のしずく」を採る為に頑張ってくれたすももの姿を見ているうちに、俺の中がすももでいっぱいになっていった。

学校で会ってる時はなんだか恥ずかしくて、余計《よけい》に話せなくなった時もあった。

うん、まだ憶えてる。

なりゆきで入ったけれど、園芸部での時間も俺にとっては大切な時間だった。八重野《やえの》や結城《ゆうき》も、本当に大切な友人だ。

星のしずくを採るために駆け回った日々も、楽しかった。でもすももが夜の闇の中へと行かなければいけないことは、本当は少し心配だったんだよ。


それから。

あの時のことはごめんな。俺はユキちゃんの時に、すももの想いを知ってしまった。すももが俺のことを好きになった時のことを話してくれたあの日を、今でも覚えている。すごく恥ずかしかった。入学式で出会ってただなんて、本当に驚いた。


実は、もうあの時には俺もすもものことが好きだったんだ。

あれは夏だったかな。俺が星の話をした時のこと覚えてるかな。

「遠い星の光が自分たちの目に映《うつ》る時、その光を放った星はもう消えてなくなっているかもしれない」

その話をした時、すももは急に涙をこぼした。あの星がもうないのかもしれないと思うと、寂《さび》しくてって言っていたすもものことを、俺は好きになってた。

これは誰にも言ってないことだから、驚いたかな。

その時から、俺の大事なものは、すももになってたんだ。


『大事なものを失うかもしれない』

それは、大事なものができた瞬間から意味をもつ言葉だったんだね。

結城――プリマ・アスパラスとすももが、砂嵐にまきこまれた時には、まだ気づいていなかったけれど。

結城、やっぱり落ち込んでいるように見えるけど、大丈夫なんだろうか。

とても強い人に見えるけど、だからこそ、結城はあんなにも落ち込んで、あんなことになってしまったんじゃないかな。

結城はすもものことを嫌いなわけでも、妬《ねた》んでいたわけでもなかったと思う。ああ、でもそれは俺が言わなくても、すももの方はわかってるかな。

あの日の夜、校庭の砂嵐の中で俺はすももを助けたけれど、結城は救われただろうか。

責任感の強い人だと思うから、俺が選んだ、すももを助けたことの意味を背負《せお》ってしまってないだろうか。

それが少しだけ心配なんだ。

結城のこともだけど、すもものことも。


すももを助けるためには、俺が実は「ユキちゃん」ということを明かさなければならない。それは誰にも知られてはいけない秘密だった。守らなければ、一番大事なものを失うだろうって、言われていた。

一番大事なものを守るために、一番大事なものを失う。


それがすももとの記憶だった。すももと過ごした半年間を、俺は失うことになった。すもも。もしも自分のせいでそんなことになってしまったなんて思っていたら、それは間違いだから。

俺は自分で選んだ。

悲しませてしまうことになったけれど、やっぱりあの時、すももを助けないという選択は俺にはできなかったんだ。

もっとちゃんと伝えたかったけれど、いつも言葉が足りなくてごめんな。

すもものことを好きになったこと。

初めて二人で出かけた場所とか、すももの想いを知った時のこととか、頭の中に思い浮かべることはできるけれど、もっと大切にすればよかったかな。

すもももみたいにきちんと日記をつけていれば、すももが俺にたくさんくれた言葉を全部思い出せたのに。


今、気づいたけれど……すごく不思議なことがひとつある。

すもととの時間、告白されたことや、初めて手を握《にぎ》ったことよりも、何故《なぜ》か強く思い出すことがあるんだ。

夕暮れの温室で見つけた球根《きゅうこん》を、二人でそっと埋めた日のこと。

何気《なにげ》なく見せてくれたすももの笑顔が、心から離れない。

この気持ちを言葉にしたら、なんというのだろう？


俺は思う。

もう一度、俺はすもものことを好きになるだろう。

でも。

もしも神様とか、運命とか、そんなものを作る誰かがいたなら、俺はなりふりかまわず願いたかった。

このほんのわずか一瞬の、こんなにも愛《いと》しいと思った気持ちを忘れさせないでください。

記憶って、どうやってなくなるのかな。

今晩眠ってしまえば、きれいに消えてなくなってしまうのだろうか。

すもも、ごめんな。

約束はきっと、守るから。

◆

「――ハル君っ」

涙を流すことを、わたしは我慢できなかった。

ハル君の想いがこんなにも強くて、優しいものだったなんて、どうしてもっともっと早く気づかなかったのだろう。

「……ねえ、言葉は強い力を持ってるでしょう？」

「ノナ……ちゃん？」

いつの間にか、ノナちゃんはプリマ・アスパラスからいつもの姿へと戻っていた。

静かにわたしのそばに歩み寄り、そっと手を差し出した。

物語を読み終えた瞬間のように、赤い本がぱたん、と閉じる。

「ハルく……石蕗、くん」

「…………」

石蕗くんは呆然とした顔で、わたしを見つめていた。魔法にかけられたような、まどろんだ表情じゃない。眼鏡の奥の眼差《まなざ》しはとまどいを隠せないまま、まっすぐわたしに注《そそ》がれている。

「これが、俺がなくしていたもの？」

わたしが見ていたものを、石蕗くんも見ていたのだ。

わたしのなかへと流れ込んできたあの言葉たちは、石蕗くんが発した声だったのだ。

「ねえ、これでわかったでしょう？　だから恋に迷わないで。想いを閉じ込めないで。あなたたちは互いを本当に必要としているのだから」

「ノナちゃん……」

「これで何も迷うことなどないわ。石蕗君はすもものことを好きでいいの」

ノナちゃんの声はいつだって冷静だ。

だけどそれはすごく温かな言葉だった。言葉を使って不思議な力を使う人。本当の意味で、わたしはこの時「プリマ・アスパラス」にノナちゃんが選ばれたことを知ったのかもしれない。


「――結城！」

「な、なに？　全部思い出せたはず……だけど、まだ何かたりないの？」

「違う、そうじゃなくて」

石蕗くんの顔色がさっと変わる。

わたしを見つめていた視線が、そっとノナちゃんの方へと移り変わった。

「俺にこの記憶を見せてくれたのは、特別な力……なんだろう？」

「ええ」

「――ノナちゃん！」

石蕗くんが言いかけていたことと同じ考えが、わたしの頭の中にも広がった。

不思議な力を使っているところは、見られてはいけない。

それは、ユキちゃんだった石蕗くんが、正体を隠さなければならないのと同じくらい、守らなければならない秘密だった。

「ノナちゃん、そんな……このままじゃノナちゃんは大事な何かを……失ってしまうの？」

「いいえ」

ノナちゃんはきゅっと唇を結び、一度だけ瞳を閉じた。

「私はフィグラーレの人間よ。だから失うものはないの」

「……そ、そうなんだ。よかった。ノナちゃんは大事なもの、失わないで……」

「でも秘密を守らなければいけないのも、事実なの」

「えっ？」


「私がこの世界に関わったという全ての記憶を消せばいいの」

「ノナ……ちゃん？　それって……どういう…こと？」

「私がここへやってきたことを、皆の記憶から消すの。もともと、私はいつかフィグラーレに戻るのだから、大丈夫よ」


ノナちゃんは気づいていた。

瞳いっぱいに溢れそうなわたしの涙を、ノナちゃんの指先がそっとぬぐってくれた。

「結城、そんなのよくない！」

「――!!」

「俺、今度は迷わない！　絶対まっすぐすものことを好きになる！」

石蕗くんの声は、ほとんど叫び声に聞こえるくらい大きく、温室の中に響き渡った。

「だから！　だから、結城が消えるなんて言うなよ。俺の記憶を……もう一度消して……くれ」

「…………」

「何かを失って、自分の気持ちを通すなんてできない。だって結城は、俺にとってもすももにとっても大事な友達なんだから」

「……でも」


ノナちゃん。

どうかそんな悲しい顔しないで。

わたしは石蕗くんがくれた言葉を思い出した。


──結城は救われただろうか。

──責任感の強い人だと思うから、俺が選んだ、すももを助けたことの意味を背負ってしまってないだろうか。

石蕗くんはわたしを助けてくれた。

ノナちゃんはわたしの恋を助けようとしてくれている。

今度はわたしが、ノナちゃんを。

「ノナちゃん、わたしも石蕗くんと同じだよ」

「――すもも」

「大事な友達を失いたくない。それに……」

石蕗くんの方を見る。

石蕗くんが困ったときに目をそらす癖《くせ》をわたしは知っている。でもそこには、まっすぐわたしを見つめてくれる石蕗くんがいた。

「石蕗くんを信じてるから」

ノナちゃんはかけていた眼鏡をそっとはずした。

ちょっとだけ顔を横にやって、細い指先がまぶたをぬぐっている。

「ノナちゃん」

「本当に……いいの？」

わたしも石蕗くんも、強く強く頷《うなず》き返す。

「もう、ホントに世話の焼ける二人ね」

そうだね、わたしも石蕗くんも、なんだかずいぶん遠回りしてしまったね。
でも――大丈夫。
大丈夫だよ、辿りつく場所は、きっといつも同じ場所だもの。

「ノナちゃん」

ノナちゃんがこくんと頷きかえした。
そして青く光る石のついた指輪が、わたしたちの前に差し出された。

「石蕗くん」
「……うん」

指輪が光る。それは、さっき取り戻した記憶たちを、石蕗くんのこころの中にあった本当の気持ちを、わたしたちの中から消し去ってしまう光だろう。

でも不思議と怖くはなかった。
石蕗くんの手が、ぎゅっとわたしの指先を握りしめてくれる。

また少しだけ、戻っちゃうかもしれないけど。
わたしはいつでも、石蕗くんのことを好きだよ。

光が溢れて、
隣にいた石蕗くんの横顔も、
わたしたちを見つめていたノナちゃんも、
夕暮れから、夜の群青色《ぐんじょういろ》へと彩《いろど》りを変えてゆくガラスも、

まっしろな世界になった。

第六章「はなことば」

届けたい
何だって叶《かな》える『勇気』で
伝えたい　いつの日もあなたが好きだって
泣きそうになっても　あきらめないぜったい
いちばん強い　大切な想いだから

◆

さら、さら、さら。

耳元で聞こえるささやかな音に、俺は目を開けた。
視界に飛び込んできたのは、高いガラスの天井の向こうで輝く星の姿だった。
もう、夜だ。

よく晴れた夜空だったけれど、星を散りばめた群青色《ぐんじょういろ》は少しだけ曇《くも》っている。それはこの温室の天井のガラスが古いものだからだろう。

「……温室？」

さら、さら、さら。

また聞こえてきた、あのささやかな音。

どうやらそれは、柔らかな草たちが風に揺《ゆ》れている音のようだ。

時折頬《ほお》に触《ふ》れてくすぐったい。

俺は温室の芝《しば》のうえで、仰向《あおむ》けに横たわっているようだ。

……気持ちいいな。

どうしてここにいるとか、早く起き上がらなければ、と思うよりも先に、俺は大きく息を吐《は》いた。

……あ。

花が咲いていた。
視界のすみに映《うつ》った、真っ白な花。頭を垂《た》れるように可憐《かれん》な花弁《かべん》を咲かせていた。
俺はこの花を知っている。ふと手にした花の図鑑《ずかん》で見た、冬に咲く美しい花の名前は
待雪草《まつゆきそう》といったはず。

……違う。

花の名前じゃない。
世界中に、この花が咲いている場所はたくさんあるだろう。
ここにある、この一本の花だけを、俺は知っている。

『一緒に見つけられたらいいね』

いつのことだろう？
この花のことを教えてくれたのは誰だったろう？

花言葉——待雪草の花言葉は『希望』。

俺はそれを教えてもらった。そしてその花言葉を聞いた時、体がちぎれそうなほどに切《せつ》なさを感じたのは何故《なぜ》だったのだろう？

……思い出せない。

続きのページが破《やぶ》れてなくなってしまった、物語のようだ。

……思い出せない、思い出せない！

悔《くや》しかった。俺は唇をかみしめた。錆《さ》びた鉄の味が口の中でかすかに広がった。

「——んん」

すぐそばから聞こえてきた小さな声は、浅い眠りの狭間《はざま》で漏《も》らされたものだ。

視線を巡《めぐ》らせると、俺の隣で彼女は眠っていた。

「あ…秋姫《あきひめ》……」

瞳を閉じたまま、静かに息をしている。
そのまま、俺は眠り続ける秋姫の横顔を見つめた。
俺よりも小さな体、小さな手、かすかな吐息《といき》が、すぐそこにある。

……何を迷ってたのだろう、俺は。

手を動かすと、柔らかく温かな感触が指先に触れる。
秋姫の細い手だった。
血の通った、小さな細い指。たよりないけれど、そこに秋姫がいるという感覚が、触れ合う指先から俺の中へと溶け込んでくる。

……簡単なこと、なんだよな。

俺は秋姫が好きだ。
秋姫は俺を好きだと、言ってくれた。

なくしてしまった、俺が思い出すことのできない「俺」。

たとえ秋姫が好きになったのがその「俺」だったとしても。
今の俺を、もう一度好きになってくれるだろうか。
そんな迷いすら、秋姫の指先の温かさは流していってくれる。

「すもも」

そう呼ぶことを許してほしい。
俺は強く強く願いながら、すももの手を握った。

◆

さら、さら、さら。

不思議な音だった。
小さな声で何かを囁《ささや》いているようにも聞こえたし、遠くで砂が流れ落ちるような音にも聞こえた。

さら、さら、さら。

もう一度耳をすまして聞いてみる。

囁き声でも砂の音でもない。草が風にゆれる音だった。

わたしは目を開けた。

「起きた？」

「——!!」

声の主は、彼だった。

頭のなかが混乱して、わたしは声すら出せない。

そんなわたしを見て、石蕗《つわぶき》くんは微笑《ほほえ》んでいた。

「……あ……あの」

指先が、温かい。

とくんとくんと、脈うつ感触がかすかに伝わってくる。
石蕗くんの手が、わたしの手を握《にぎ》っていた。

「見て」
「……えっ？」

石蕗くんの視線がゆっくりと動く。
わたしの額《ひたい》の辺《あた》りを通り越して、二人並んで横たわっている場所の斜《なな》めうえのあたり。
わたしは首だけ持ち上げて、視線を巡らせた。

「咲いてる……！」

雪のしずくのような、白い花弁。
二人で埋《う》めた待雪草の花が、ささやかに咲いていていた。
儚《はかな》い姿だけど、本当はとても強い花だ。

あの時一緒に埋めた花が咲いたよ。

声にならなかった。嬉しい、切ない、苦しい、いくつもの感情が胸の中で弾《はじ》けて、わたしから言葉を奪《うば》っていった。

ハル君、ハル君――あの時の花が咲いたよ。

でも言えなかった。ハル君は選んでくれたから。わたしの大切な友達を失ってしまうことよりも、再び記憶をなくすことを。

わたしの好きな、ハル君の優しい気持ちだった。

「一緒に見つけられて、よかったな」

……え？

わたしの心臓は、どくん、と大きく脈打った。

もしもどちらかが先に咲いているのを見つけたら、一番に教えにゆくよ。

でも一緒に見つけられたら、いいね。

それはこの花の球根を植えた時、二人で交《か》わした会話だ。

「ハ……ハル君⁉　記憶が……戻ったの？」

他愛《たあい》ない言葉だった。でもその言葉は、なくしてしまった時間のものだった。

『……一緒に見つけられたらいいね』

心の奥から、何かが溢《あふ》れてくる。ハル君を好きな気持ちが、わたしの体を隅々《すみずみ》まで満たしてゆく。

「ごめん」

ハル君の瞳が、わたしを映していた。

困った時にふと目をそらす仕草《しぐさ》を、わたしは知っている。

でも、言葉をなくしてしまったわたしを、ハル君はまっすぐに見つめてくれた。

「やっぱり思い出せないんだ。大事な約束をしていたことだけしか……思い出せなかったんだ」

ううん、いいの。

ハル君の声がこんなにそばで聞けて、ハル君の手がそこにあるだけで、嬉しいの。

「すもも」

ハル君の指先に力が宿《やど》り、わたしの手を強く握りしめる。

「すももって……俺は秋姫のこと、すももって呼んでたんだよな」

「……うん」

「その時の俺は、すもものことを大事にしていた？」

「してくれたよ、すごく」

「うん、よかった……でもな、すもも」

どうか悲しい声を出さないで。

「俺はやっぱり思い出せないんだ。約束していたことが何だったのか」

ハル君は悪くないんだよ。

「すもものこと、好きだったんだよな。何かを約束していたんだよな」

うん。約束してくれたよ。ハル君の約束はわたしを強くしてくれたんだよ。

「俺はどんな風にすもものことを好きになって、どんな風に大事にしていたのか」

ハル君、ハル君は気づいていないのかな。

「そんな大切なことを忘れてしまった」

大切なことは、忘れたりなくしたりするものじゃないんだよ。
ハル君がわたしのそばにいてくれることが、一番大切なことなんだよ。

「――ハル君」

ハル君の頬が、さっと赤くなる。

「俺、そんな風に呼ばれてたのか」
「うん、そうだよ……ハル君」

わたしは、ハル君の手を強く握り返した。
涙が溢れてくる。
泣いてはいけないと、ずっと思ってた。我慢できなかった時もあった。

「すもも、大丈夫？」

ハル君は困った顔で、わたしの頬に指先を添《そ》えてくれた。
わたしは頷《うなず》きかえす。

大丈夫、これは、嬉しくて嬉しくてたまらなくて、流した涙だから、大丈夫だよ。

◆

すももの涙が、俺の指先をゆっくりと流れていった。
柔らかくて、優しくて、温かい。
暗く冷たい迷路の中にあった、なくした記憶が音をたてて崩《くず》れてゆく。
すぐに泣きそうになったり、落ち込んだり。
でも、すごくすごく頑張りやで……強い。
小さいその体は、抱きしめると手が余ってしまう。
俺の記憶の中のそれらは、きっとすもものカケラだと思う。
全部を思い出せてないことは、自分が一番よくわかってる。
だけど、どのカケラも愛《いと》しくてたまらない。
体を起こして、俺は大きく息を吸い込んだ。
冷たい空気が胸の中いっぱいに広がる。

すもも起き上がって、俺の顔を覗《のぞ》き込んできた。

涙をいっぱい浮かべた瞳は、嬉しそうにも見えたけど、ほんの少し不安げに揺れているようにも見える。


……ああ。やっとわかったかもしれない。

「俺、すもものことが好きだ」


俺はすもものこと、本当に好きだ。

すもものの大事なものを守りたい、すももがいつも笑っていられるように。

「初めてすももを好きになった時のこと、思い出せないけど……だから」

うまく伝えられているだろうか。

自分の気持ちを上手に伝えることが、俺にはできているだろうか。

「もう一度すもものこと、最初から好きになる」

「ハル君……っ！」

すももの瞳から、また涙がこぼれる。
すごくきれいだった。

「ありがとう、嬉しい」

俺をまっすぐ見てくれるすももの姿が、たまらなく愛しかった。

「ハル君は約束をまもってくれたよ」

約束を守れた？
俺がしていた約束は何だったのだろう。
すももを愛すること？

もしもそうなら――本当は少し違う。約束の為《ため》だけにすもものことを愛しいと思ったんじゃない。
約束なんてしていなくったって、きっと俺はすももを好きになってただろう。

「また花のこと、教えてほしい」

「うん」

「すももの好きな場所や、大切なものや……すもものいろんなこと、たくさん知りたい」

「うん」


流れる涙をぬぐおうとして、すももが頬に手をやった。白い肌にさっと土色の横線が入る。顔を寄せて見てみたら、それは横たわっていた時についた土のようだった。

ポケットの中をまさぐるとハンカチの手触りがある。俺はそっとそれを引っ張り出してすももへと差し出した。


「ありがとう……あっ」

「あっ、これは……」


手渡されたハンカチを、すももが不思議そうに見つめている。

きっとびっくりしたのだろう。突然自分のハンカチを差し出されたのだから。俺自身ですら、すっかり忘れていた。いつか返そうとしてタイミングを逃していたそのハンカチは、こんな形で持ち主の手に戻ることになってしまった。

「ごめん、これ……ほらあの日に渡してくれたまま返せなくて」

「あの日？　あ、あの、もしかしてハル君が倒れちゃった時の!?」

俺は頷いた。

朦朧《もうろう》としていた俺に、差し出された一枚のハンカチ。それから、不安げなすもものの顔と、言葉。忘れるはずもない。きっとあの瞬間から、俺は少しずつすももに惹《ひ》かれていったのだろう。


「ずっと返せなくてごめん」

「ううん、いいの。ありがとう」

すももはハンカチを受け取ると、頬をそっとぬぐった。


さわ、さわ、さわ。


またあの音がする。

温室の中を、静かな風がふきぬけてゆく。

俺とすももの目の前に咲く待雪草も、可憐な花をゆらゆら揺らしていた。

「ねえ、ハル君」

「ん？」

「あのね、待雪草の花言葉って凄《すご》く素敵なんだよ」

「うん……覚えてる」

「――えっ!?」


嬉しかった。

俺はそのことを忘れなかった。

つながらない記憶の一片だったけど……俺はその言葉を覚えていた。


「『希望』だろ？」

「うん、うん！」

「ああ、なんだろう……その言葉だけ、すごく頭に残ってた」

喜ぶすももに俺は腕をのばした。細い体を引き寄せると、驚いたすももの頬は真っ赤になっていた。

遠慮がちに、心地《ここち》よい重さが俺の方へと寄りかかってくる。

「でもね、もうひとつあるの」

「もうひとつ？」

「うん、花言葉ってひとつのお花にいくつかあるの――それでね、待雪草の花言葉の中で一番……好きになった言葉」

待雪草の白い花を、すももが愛しげな眼差《まなざ》しで見つめる。

「わたしと同じ気持ちの言葉だったから」

「どんな言葉？」

「……それは」

「……？」

「その花言葉はね」

静かな温室の中には、緩《ゆる》やかな風の音しかしない。

だから聞こえてきたのだろうか。

俺とすももが触れ合う場所から、とくんとくんと溶け合った鼓動《こどう》の音が確かに聞こえてきた。

「初恋の、まなざし」


すももの瞳は、俺を映してくれていた。

何度も言いかけて、照れくさくてなかなか言い出せなかった愛しさ。

伝わるだろうかと不安でいっぱいだった気持ちへの返事を、すももは瞳の中をいっぱいにしながら応えてくれた。


「わたしのこと、もう一度好きになってくれてありがとう」

「……すもも」

＊

わたしの唇に、ハル君が触れる。

俺はすももの唇に、そっと口付ける。

もう一度好きになってくれてありがとう。

もう一度好きになれて、良かった。

一番大切な想いを諦めないでよかった。想いを伝えることができてよかった。
もしもまた同じことがあっても、もう一度同じことを繰《く》り返すだろう。
それほどに強くて、消えない想いだから。

愛しい口付けをしながら、そう、思った。

第七章「ある晴れた日に」

恋しいって、
すごく強くて、
いろんなものを飛び越えて、
誰かを思う気持ちのことなんだよ？

＊

雲間から射《さ》してくる光が、わたしの頬《ほお》を照らした。

まだまだ風は冷たいけれど、日差しは心地《ここち》よい暖かさだった。

「……あっ」

その暖かさに気をとられていたせいで、わたしはいつのまにかすぐ隣を歩いていた人の姿を見失っていた。どこにいったのだろう、ぼんやりとしている間に、どこかではぐれたのか、置いていかれたのだろうか。

ほんの少しの不安は、振り返るとすぐさまわたしの心から溶けて流れていった。

「ハル君」

わたしの数歩後ろで、ハル君も晴れた空を見上げていたのだ。

「ごめん」

「ううん、どうしたの？　ハル君」

わたしの呼びかけに、ハル君ははっと視線をわたしのほうへと戻す。

ハル君。

そう呼ばれて、ハル君自身がとまどいを覚えなくなったのはここ最近のことだった。


「今日は暖かいなって思ってたんだ」

「そうなんだ。うん、今日はすごくいいお天気だよね」

わたしと同じことを考えていたんだ。そう思うと、何故《なぜ》か嬉しい。

このふわりと暖かい空気は、誰がここにいてもそう感じていたことだろう。それでも、同じことを感じていてくれたことは、嬉しかった。


「……すもも？　何で笑ってるの？」

「ううん、なんでもない」

ハル君は、わたしがどうしてこんなに嬉しいのか、やっぱりわからないみたいだ。それでも全然かまわない。わかってしまったら、きっと恥ずかしくて、こんなによく晴れた空を見上げることができなくなってしまうだろう。

歩みを速めて隣へと追いついたハル君と並び、校舎の影を抜ける。そこはわたしたちのいつもの場所、園芸部。

花壇《かだん》が見えてくると、そこにもう先に来ていたナコちゃんの背中が見えた。

「ナコちゃーん！」

花壇のふちにしゃがみこみ、ジョウロを傾《かたむ》けていたナコちゃんは、わたしたちの姿を見つけて手をとめた。そしてゆっくりと立ち上がり、振り向く。

「すもも、石蕗《つわぶき》……もう用事は終わったの？」

「うん、遅くなっちゃってごめんね」

「図書室で結構時間をとってしまったな」

ナコちゃんの視線が数度ほど下へ、ハル君が抱えていた本の方へと傾いた。日に焼けて少し傷《いた》んだその背表紙を見て、一瞬ナコちゃんの目元が優しくなる。きっとナコちゃんは気づいたはず。

「ねえ、ナコちゃん。今日は何からしようか？」

わたしがそう言うと、ナコちゃんは自然にわたしとハル君の方へと視線を注《そそ》いだ。

「とりあえずいつもみたいに、水やりから始めていたけれど……ちょっと考えていることもあって」

「考えてること？　何かな？　遅れちゃったぶん、わたし頑張るね」

「ありがとう、すもも。じゃあ——」

ナコちゃんが言葉を続けようとした時だった。

「あ、そうだ。俺、この本向こうに置いてくるよ。汚しちゃいけないし」

ハル君は重要なことを忘れていたみたいに、早口でそう言い出した。

「そうだね、あっちのベンチに置いてくるといい」

「ああ、じゃあ……すもも」

「えっ？」

すっと伸びてきたハル君の手。わたしは驚いて、しばらくきょとんとその手を見つめてしまった。

「鞄《かばん》、すもものぶんも置いてくるよ」

「あっ、ありがとう……」

そういうこと……だったんだ。

顔が、かっと熱くなっている。きっと赤くなっているはず。わたしは俯《うつむ》きながら、ハル君に鞄を渡した。

視界のすみで、くるりと背を向けたハル君が駆け出してゆく。

「すもも」

「えっ、あ、な、なに？」

「……ふふっ」

わたしの顔を見て、ナコちゃんは微笑《ほほえ》んで、それからどこか安心したように小さな息を吐《は》いた。


「ねえ、さっき石蕗が持っていた本。あれ、私たちが昔読んだ本だね」

「うん！　やっぱりナコちゃんは憶《おぼ》えてくれてたんだ」

「もちろん。すももと一緒にたくさん読んだもの」

今度は、わたしが微笑む番だ。

やっぱりナコちゃんは憶えていてくれた。


まだ入学して間もない頃、休部状態だった園芸部に二人で入ったこと、雑草だらけの花壇を何日もかけて整《ととの》えたこと……そして、花の育て方や種のまき方を本格的に勉強する為《ため》に、図書室へ通った毎日。

どれも、わたしとナコちゃんの、大事な思い出だった。

「あのね、ナコちゃん。ハル君がね、園芸のこともっと知りたいって言ってくれたの」

「そうか。だから図書室によるって言っていたんだね」

「うんっ、あの時ナコちゃんと一緒に読んだ本を探したよ」

今日のことも、大事な思い出になるのかな。

ナコちゃんと一緒に図書室の本棚の間を行き来したあの日々と、今日ハル君と一緒に、同じように本を探したこと。

ハル君がなくしてしまった半年という時間のなかで、わたしもナコちゃんも園芸のことをたくさん教えてきた。今日と同じ本をすすめたこともあった。

だけど。

だけどわたしは、それを煩《わずら》わしいなんて思わない。

二度でも三度でも、何度繰《く》り返したってかまわない。

いつかそれが、なくしてしまった時間を越えていって、思い出になるから——。


「すもも、どうしたんだ?」

「あっ、ハ、ハル君っ、おか……えり」

「……ただいま。何かあったのか?」

はっと顔をあげると、ハル君が心配そうな表情でわたしを覗《のぞ》き込んでいた。今のわたしの顔、ハル君の目には悩んでいるように見えたのだろうか。

わたしは慌《あわ》てて首を横にふった。

「う、ううん、なんでもないよ、大丈夫」

「そっか、ならいいんだけど。今日は何からするんだっけ？　さっき話してる途中だったろう？」

「うん……ナコちゃん、今日は何をするの？」

「今日はここの花壇を――」

ナコちゃんはさっきまで水をやっていた花壇に近づきながら言った。

「水やりはもう済んだのだけれど、少し雑草が生えてきているみたい。一緒に手分けして、雑草とりをしてほしいの」

その花壇は、まだ土の色のほうが目立っていたけれど、ところどころ背の低い草たちが生えている。

「わかった。じゃあ、やろうか」

「うん」

初めにナコちゃん、それからわたしとハル君。三人で並んで、わたしたちは花壇のすみにしゃがみこんだ。

土に触れると、ひんやりとした感触が伝わってくる。

さっきまで春のような日差しに包まれていたせいか、その温度は余計《よけい》に冷たく感じられて、わたしは一瞬指先をすくめてしまった。

「大丈夫？　冷たかった」

「ううん、平気だよ」

気遣《きづか》ってくれたナコちゃんの声に、ハル君までもがわたしの顔を覗き込んでくる。なんだか恥ずかしくなって、わたしは二人にただただ笑い返した。


「ナコちゃん、雑草……結構育っちゃってるね」

「今年は少し暖冬みたいだから、どうしても」

「そっかあ」

ゆっくりと、途中で切れてしまわないように草を抜き取ってゆく。

園芸部の花壇はそんなに広くないけれど、雑草とりはどうしても手のかかる作業だ。

「でも……さ」

「……？」

丁寧《ていねい》に草を引きながら、ハル君は言った。


「でも、みんなでやればすぐ終わるよ」

みんなで、やれば。

思わず、指先から力が抜けてしまった。掴《つか》んでいた草が、するりと逃げてゆく。

みんなで、やれば……そう、ハル君は何気なく言った。

俺はどうして園芸部に入ったのだろう、そう言っていた同じ声で、ハル君は言った。


「ハル君」

「な、なに？」

「……う、ううん」

「なに？　お、俺もしかして抜いちゃいけない草、抜いたか？」

「ううん、違うの」

嬉しかったの。

そう言いかけた言葉をわたしはそっと飲み込んだ。

なくしたものは大きくて、それはもとに戻らないかもしれない。

それでもわたしが笑っていられるのは、新しく流れ始めた時間と、変わらない優しさを感じていたからだ。

「なあ、すもも。この花壇、たくさんの種をまいたんだよな」

「うん」

ハル君は手をとめて、まだ小さな芽と土しかない花壇を見つめている。

花壇には、また春がくる。それはわたしたちが出会った、あの不思議な出来事の始まった季節だ。

また、花が咲くんだね。

わたしは心の中で用意した言葉を口にしようかと、ハル君の顔を見上げた。

「また、花がたくさん咲くんだろう?」

「えっ? う、うん……そうだよ、いっぱい、いろんなお花が咲くの」

胸の奥がいっぱいになっていた。

ほんの一瞬だけ涙が出そうになって、わたしは俯いた。

「すもも?」

大丈夫、なんでもないよ。嬉しかっただけなの。

昼から今にもこぼれそうな言葉たちが、胸をいっぱいにして、声にならない。

「春になったら、本当にいろいろな花が咲くよ。きっと綺麗《きれい》だろうね」

「……ナコちゃん」

ナコちゃんは気づいたのかな。今わたしが言葉を出せないことに。きっと気づいていると思う。ナコちゃんはその後何も言わず、ただ嬉しそうに微笑んでいたから。

まだ花は咲いていない。でも必ず、この先綺麗な花を咲かせる花壇を見つめながら、わたしは心のなかの波が穏《おだ》やかになるのを待った。


「おおーい、皆さぁーん！」


その時、頭上から響いてきたのは如月《きさらぎ》先生の声だった。

立ち上がり校舎の方を仰《あお》ぎ見ると、如月先生が窓から体を乗り出してひらひらと手を振っている。

「ごめんね、ちょっといいかなぁ」

「はーい、何か用ですか？」

ナコちゃんの張りのある声が、校舎の中で響きわたる。

「うん、ちょっとね。悪いけど皆でこっちまで来てくれないかなあ？」

「――わかりました」

ナコちゃんが再び声を張り上げて答え終えると、如月先生はまたひょっこりと部屋の中へと姿を消した。

「如月先生、何の用なんだろうね？」

「わからないけれど……とりあえず行こうか。雑草とりもなかなか進んだから」

「うんっ」

わたしたちは花壇から一番近い手洗い場で土を落とし、校舎の中へと駆け込んだ。

＊

「うわ、何なんですかこれ……」

「そんな露骨に嫌な顔することないだろう？　石蕗君」

ハル君に向かってそう言いながらも、如月先生自身も渋い顔をしていた。

わたしもやっぱり……ちょっと驚いている。

もともと如月先生の部屋は、本やら実験器具やら薬ビンやら、何に使われるのだろうと考え込んでしまうものでいっぱいだ。だけど今日は違う。

「先生、一体どうしたのですか？」

ハル君よりやや遠慮気味に、だけど皆の頭の中に浮かんでいたことを口にしたのはナコちゃんだ。

「いやねえ、見ての通りというか……蔵書《ぞうしょ》の整理をしようとしたら、この有様《ありさま》なんだよ」

「す、すごいホコリですね」

わたしは数歩前に出て、その「問題の山」へと近づいてみた。

壁際に、ちょっと小さめの扉がある。半分だけ開いているその扉から大量の本、それも古そうな本たちがなだれを起こしたように崩《くず》れ落ちているのだ。おまけにずいぶん長い間放置されていたのか、あたりは白いホコリで煙《けむ》っている。


「あちらにも部屋があったのですね」

ナコちゃんも不思議そうな声でそう言った。

「うん、書庫として使っていたから、あんまり出入りしてなかったんだ。まあそのせいでこんなことになっちゃったんだけどねえ」

わたしもこの部屋の奥にそんな場所があったなんて知らなかった。よくよく思い出してみると、昨日までこの扉の前には小さな棚が置かれていたような気がする。ぱっと覗いただけでも、教室やこの部屋に比べると手狭《てぜま》で、物置にくらいしか使えなさそうな奥行きに感じられた。

「如月先生、この本たち……ずっとこのお部屋にしまってあったんですか？」

「そうだねえ、いつか整理しなきゃとは思ってたんだけどね」

一番手前に落ちていた一冊を手にとる。

指先から伝わってくるのは、乾《かわ》ききった紙の手触りと、ざらざらとしたホコリの感触だった。そっとページを開いてみる。

わたしの目にとびこんできたのは、見たこともない……美しい花の絵だ。淡い色彩でとても丁寧に描かれている。乾いたページの中ですら、その花は誇《ほこ》らしく咲いている。

けれど、時間に取り残されてしまったせいか、ページの半分ほどに薄いシミが広がっていた。

「あの、如月先生。この本たち、一度お日様の下で干《ほ》してあげたいなって思いました」

「えっ、天日《てんぴ》干しするってことですか？」

「は、はい……あの、本にそういうことするのって、良くないですか？」

そうしてあげたかった。長い時間閉ざされていたそのページを、わたしは太陽の暖かさに触《ふ》れさせてあげたかった。

古い本の扱い方を知っているわけじゃない。書庫にしまってあった理由も聞かずにこんなことを言ってしまったと、ほんの少しの後悔《こうかい》が胸の奥をちくりと刺した。

「秋姫《あきひめ》さん……それは」

「それには私も賛成です」

「…………！」

かたん、と扉が開く音とともに声が聞こえた。

「先生。こんな貴重《きちょう》な文献《ぶんけん》を、どうしてこんなにも不適切な保存で置いておかれるのですか？」

「いやあ、いろいろと忙しくってねえ。ごめんごめん」

「ですから、私は秋姫さんの意見に賛成です」

「ノナちゃん！」

ノナちゃんがそこにいた。

いつもどおりの、とは、ちょっと違って……書庫の中にいたせいか、髪や制服をホコリまみれにさせた姿だ。

「先生、早速《さっそく》この蔵書のホコリを太陽の下で払ってゆく作業……えっと…てん、てん…」

「天日干しだよ。結城《ゆうき》」

「天日干し。それを行いたく思うのですが、いいですか？」

「ああ、もちろん。すごく助かりますよ。ただ見ての通り、結構な量がありますよ？」

「だ、大丈夫です！　みんな……いる…から」

隣にいたナコちゃんがにこりと笑ってくれた。

「私もそう言おうと思ってた」

「俺もいいよ。やろう」

「全員一致ですね、早速作業にとりかかりますが……よろしいですか？　如月先生」

「もちろん！」

窓を開くと、太陽の日差しがまっすぐ飛び込んできた。

風通しをよくして部屋の中に舞い散るホコリを追い出してから、わたしたちは本を運び出した。

「石蕗、そっちを引っ張って！」

「わかった」

「すもも、ここまで運んでこれる？　頑張ってー！」

温室と花壇に、ナコちゃんとハル君がビニールシートを敷《し》いてくれた。

わたしとノナちゃん、それから如月先生は胸に抱えた本を落とさないように、そろそろとその場所へと向かった。

心地よい風と、日差し。

ずっと暗い場所にしまわれていた本たちは、喜んでくれるかな。

たくさんの本たちが、久しぶりに浴《あ》びるだろう太陽の下に積まれていった。

＊

「ちょっと石蕗君、助けてーっ！」

どさりという音とともに、響いたのは如月先生の声だった。振り返ると、本の山がひとつ崩れていて、奥からごほごほという咳《せき》が聞こえてきた。

「如月先生……何やってるんですか？」

「た、大変、大丈夫ですか？　如月先生っ！」

返事の代わりに、山の一角が落ち込み、如月先生の腕が見えた。ひらひらと左右に揺《ゆ》れているのは、大丈夫という意味なのか、その逆なのかどっちなのだろう？

どうしようと隣を見ると、ハル君が苦笑いをしながら一歩踏み出した瞬間だった。

「全く仕方ない人だな」

「石蕗、私も手伝おう。かなりの量が崩れたようだから」

ハル君に続いて、ナコちゃんもすっと立ち上がる。

わたしも行こう、そう思った時——ぐっと何かに腕を引っ張られた。


「えっ？」

わたしの腕を掴んでいたのはノナちゃんだった。どうしたの、と問いかけようとしたら、ノナちゃんの指がくいくいとわたしを呼び寄せる。まるで秘密の話をするようなその仕草《しぐさ》に、わたしは首を傾《かし》げながらノナちゃんに顔を寄せた。


「……石蕗、変わっていたわね」

「えっ？　な、なに？」

「だから、記憶は半年前に戻ったけど、石蕗自身は半年前の石蕗じゃなくなったってこと」

「……？」


どういうことだろう？

ハル君が、半年前のハル君ではなくなったって……どういう意味なんだろう？

わたしが首を傾げていると、ノナちゃんは大きなため息をついてから続けた。

「もう、やっぱり貴方《あなた》たちは手間のかかる人たちね！　石蕗、前はあんな風に笑わなかったはずよ？　私の知っている限りではね」

「あ……そ、そうだね」

ハル君のことを、まだ石蕗くんと呼んでいた頃。わたし、本当は少しだけハル君のことが怖かった。せっかく同じクラスになれたのに、おはようと言う事すらうまくできなかった。それが半年前のハル君。


「うん。ほんとにそうだよ、ノナちゃん」

「記憶だけじゃないのね、人を作るものって。いい勉強になったわ」

「うん……」

あの時、ハル君は再び記憶を消すことを選んだ。何かと引き換えにはできないからと。そしてプリマ・アスパラス……ノナちゃんは、力を使った。フィグラーレや星のしずくに関わったことともに、半年間の記憶はもう一度消えたはず。

でもハル君は変わっていた。五月の頃の石蕗くんじゃない。不器用だけど本当はちゃんと笑ったり喜んだりできる姿を、ちゃんと見せてくれる。

十一月の今、ここにいるハル君。わたしの大好きな人だ。

「でも、一体何が石蕗の中に残っていたのかしら?」

「残っていたもの……」

「そう、記憶をなくしてまでも強く残るものがあったのね。きっと」


ハル君は……わたしとの約束を守ってくれた。

想い。想いが残っていたのかな。

わたしと同じくらい、ハル君はわたしのことを想ってくれたのかな。

だったら、嬉しい。恋しいという気持ちは、ひとつだけでは悲しいものだから。

ふたつになって初めて、温かくなるものだから。


「ノナちゃん、ありがとう」

「え? な、何のこと?」

「……いろいろなこと。わたしだけでは、気づかなかったことたくさんあるから」

「そ、そう。それは良かったわ。プリマ・プラムにそう言っていただけるなんて、光栄」


ノナちゃんはちょっと目をそらして、唇を尖らせた。

わたしは思う。ハル君と同じように、わたしが皆からいろいろなものをもらったように、ノナちゃんも初めて会った時からすごく変わった。

　これからもずっと一緒にいたいなと思える、大事な友達の一人だ。

「あ、そうだノナちゃん。ずっと聞きたかったことがあるの。あの時星のしずくをたくさん使ってしまったけど……向こうの世界に帰れなくなっちゃわない？」

　わたしが気になっていたのは、そのことだった。

　星のしずくを七つ集めたら、ノナちゃん……プリマ・アスパラスは、試験を終えて向こうの世界へ帰るはず。ノナちゃんはもういくつも星のしずくを集めていたのだろうか。

「帰れないわよ」

「えっ？　ノ、ノナちゃん!?」

「おまけに」

　驚くわたしをよそに、ノナちゃんはこほんとひとつ咳をしてから、流れるように話しだした。

「最後の言葉、あの時使った言葉のせいで星のしずくは足りなくなるし、規定外の力を勝手に使っちゃったから首席《しゅせき》は一旦外れることになったの」

「えええ!?」

「首席に戻るにはそれなりのレポートを提出しなければいけない……ので、この如月先生の貴重な蔵書を使って、書こうかなと思ったわけ」

「あ、そ、それで帰れない……ってことか。よかった……」

永遠に家に戻れない、なんてことじゃないんだ。

わたしはほっと胸をなでおろした。いくらノナちゃんがしっかりしていて、松田《まつだ》さんが付いていたとしても、やっぱり家族が会えないことは寂《さび》しいことだろう。

「まずは首席に戻らないとね。完全無欠なレポートを仕上げるつもりよ」

「うん！　頑張ってノナちゃん！　でもそれができあがったら本当にお別れなのかな。それもちょっと寂しいな」

「ねえ、すもも」

はっとノナちゃんの顔を見た。

すもも——わたしの名前をノナちゃんが呼んでいる。今までみたいに、そらしがちな目や恥ずかしそうな声ではなく、ノナちゃんはまっすぐわたしを見て、名前を呼んだ。

「それがわたしの研究課題なの」

「研究……課題？」

ノナちゃんは強く頷《うなず》いた。眼鏡の奥の聡明《そうめい》な瞳には迷《まよ》いもとまどいもない、強い意志が宿《やど》っている。

「そう、この世界と、私たちの住む世界をもっと近づけたい、そのためにどうしたらいいかを考えるの」

「二つの世界を近づけること……」

「とっても難しいことだと思うわ。でもその方が、研究する甲斐《かい》があるというものでしょう？」

「う、うん！　ノナちゃん、ノナちゃんならできるよ」

ノナちゃんはにこりと笑った。

わたしは知っている。ノナちゃんがとても賢《かしこ》いことを。それから、すごく努力家だということを。ノナちゃんなら、きっとできる。

「難しい研究に挑戦するのは、すごく楽しいわ。でもそれだけじゃないのよ？」

「えっ？」

「もしも……もしもこっちの世界の人と恋に落ちた時、困るでしょ？　あなたのお母さんみたいに」

「ノナちゃん!?」

「お嬢さまぁーっ!!　わわっ」

「ま、松田さん、大丈夫ですか!?」


大きな声とともに、また本の崩れる音がした。

振り向くと今度は本の山の上に松田さんが転《ころ》がっている。


「松田ぁ！　何やってるの!!」

「申し訳ありませんお嬢様、出遅れてしまいました。皆さん何をなさってるのでしょう？　この松田もぜひお力添えをしたく……」

「ま、松田っ！　それはみんな貴重な書物なのよ！　早くどきなさーいっ!!」

「えっ？　も、申し訳ありませんっ」


ノナちゃんが駆け出したせいで、松田さんは大慌てで本の上から立ち上がった。

如月先生がやれやれと松田さんの腕を引っ張る。

ハル君もナコちゃんも笑っている。


すごく普通の、でもすごく幸せな光景だ。

「すもも」

ハル君は小さく手をふって、わたしを呼ぶ。

「うんっ」

花壇のそばを駆け抜けて、わたしは皆のもとへと走り出した。

春になったら、ここはたくさんの花が咲くだろう。

みんなで、その花を見れるだろう。

変わらないものなんて、ない。

でも、続いていくものはある。

「すもも、大丈夫？」

「大丈夫だよ」

「もうちょっとで全部運び出せるな、頑張ろ」

「うんっ」

おかえりなさい。

おかえりなさい、ハル君。

ハル君の背中に向かって、わたしは呟《つぶや》いた。

おかえりなさい。

なにげない毎日が、こんなにも愛《いと》しくて大切なものだと教えてくれた、わたしの大切な人たち。

不思議な出会いから始まった物語も、悲しくて抑《おさ》えられなかった涙もみんな、ここに戻ってくる。

続いてゆく毎日。大事な人たちがそばにいるこの場所へ。

ただいま。

■ご意見、ご感想をお寄せください。

ファンレターの宛て先
〒102-8431東京都千代田区三番町6-1
株式会社エンターブレイン　メディアミックス書籍部
市川環　先生
いとうのいぢ　先生

■ファミ通文庫の最新情報はこちらで。

エンターブレインホームページ
http://www.enterbrain.co.jp/fb/

■本書の内容・不良交換についてのお問い合わせ。

エンターブレイン カスタマーサポート　**0570-060-555**
（受付時間 土日祝日を除く 12:00〜17:00）
メールアドレス：**support@ml.enterbrain.co.jp**

ファミ通文庫

ななついろ★ドロップス

二〇〇六年七月一二日　初版発行

著　者　市《いち》川《かわ》環《たまき》
発行人　浜村弘一
編集人　青柳昌行
発行所　株式会社エンターブレイン
〒一〇二-八四三一　東京都千代田区三番町六-一
電話　〇五七〇-〇六〇-五五五（代表）
編　集　ファミ通文庫編集部
担　当　渡辺彰規
デザイン　渡辺公也
写植・製版　株式会社オノ・エーワン
印　刷　凸版印刷株式会社

定価はカバーに表示してあります。

N4
1-1
613

ISBN4-7577-2834-4